KB171068

괜찮아,
방학이야!

괜찮아, 방학이야!

2019년 10월 10일 2판 1쇄 발행
2020년 10월 10일 2판 2쇄 발행

지은이 김혜정
그린이 강현희
펴낸이 나춘호 | **펴낸곳** ㈜예림당 | **등록** 제2013-000041호
주소 서울특별시 성동구 아차산로 153
구매 문의 전화 02-561-9007 | **팩스** 02-562-9007 | **책 내용 문의 전화** 02-3404-9245
홈페이지 www.yearim.kr
ISBN 978-89-302-1146-8 43810

STAFF
편집 최찬규 · 노보람 | **디자인** 박주희 | **제작** 신상덕 · 이선회
저작권 영업 문하영 · 김유미 | **마케팅** 임상호 · 전훈승

괜찮아,
방학이야!

김혜정 지음

예림당

"너의 방학은 괜찮니?"

나는 남들보다 꽤 오래 학교를 다녔다. 스물아홉까지 학생이었으니 말이다. 학교를 좋아하지 않았으면서(학교를 그만두겠다, 쉬겠다는 말을 끊임없이 한 나였으니까) 왜 그리 오래 다녔는지 알다가도 모를 일이다.

막상 학교에서 벗어나자 미치도록 학생 시절이 그리울 때가 생겼다. 그건 바로 방학 시즌. 방학은 학생만이 가질 수 있는 특권이다. 방학이 있기에, 방학을 기다릴 수 있기에 지루하고 힘든 학교생활을 버틸 수 있었다. 십대 때부터 작가를 꿈꾸었던 나는 학교를 다니면서 글을 쓰는 게 쉽지 않았기에 방학만 기다렸다. 방학이 되면 나는 보충 수업, 자율 학습을 하지 않았다. 방학은 오롯이 나만의 시간이었고, 그때 나는 글을 썼다. 학교를 다닐 때보다 방학 때 나는 더 많이 자랐다.

그런데 요즘 학생들에게 방학이 있어 좋겠다고 말하면, "방학은 무슨. 학원 다니기 바빠요!"라는 대답이 돌아온다. 방학을 방학답게 보내지 못하는 것처럼 안타까운 일은 없다. 이 글을 쓰게 된 건 학창 시절의 방학에 대한 그리움 때문이다. 방학 중에는 학기 중에 하지 못했던 일을 충분히, 마음껏 해도 된다. 아니, 그래야만 한다. 그러니 제발 학생들이여, 방학을 온전히 누리길!

지율, 주연, 슬아, 세진, 예나와 그들이 보낸 방학은 내가 실제 만난 인물이거나 직접 경험한 일이기도 하다. 그래서일까. 나는 이 이야기를 쓰면서 과거의 나와 조우하며 혼자 피식하고 웃는 일이 많았다.

나를 성장하게 해 준 수많은 방학들과 따뜻하고 세심하게 원고를 봐준 와이스쿨 편집부에게 진한 감사의 말을 전하고 싶다.

2015년 여름의 문턱에서, 김혜정

차례

이 소설은 되도록 방학 중에 읽을 것!

단, 방학이 얼마 남지 않았거나
방학을 몹시 기다리는 사람은 읽어도 무방함.

남친의 조건

다행이다. 학교에 안 가서.

눈을 뜨자마자 지율은 제일 먼저 그 생각이 들었다. 학교에 가야 했다면, 좁은 교실에서 그 아이와 함께 있어야 했다면 지율은 미쳐 버렸을지도 모른다. 물론 한 달 뒤 개학을 할 테지만 우선은 당장만 생각하고 싶다.

지율은 아침 10시가 조금 넘어 일어났다. 방학을 한 지 일주일이 되었고, 매일 20분씩 기상 시간이 늦춰지고 있다. 이러다

간 간신히 오후 학원 시간에 맞춰 일어날지도 모른다.

지율은 목욕탕에서 간단히 세수를 하고 나와 주방으로 갔다. 식빵 메이커에서 식빵을 꺼냈다. 아침에 먹으려고 어젯밤에 식빵 믹스를 넣은 후 미리 예약을 해 두고 잤다.

지율은 식빵을 꺼내 쟁반 위에 올려 두었다. 아직 뜨끈뜨끈하다. 쟁반을 들고 거실로 나와 소파에 앉았다. 텔레비전을 켜 채널을 이리저리 돌렸다. 연예인들이 나와 간단한 야식을 만드는 오락 프로가 나오고 있다. 지율은 그 프로그램을 선택한 후 리모컨을 탁자 위에 내려놓았다.

지율은 식빵을 조금씩 뜯어 먹었다. 결대로 식빵이 찢어졌고 입안에 넣으니 매우 야들야들했다. 아무것도 바르지 않은 식빵이 무슨 맛이냐고 하지만 지율은 식빵의 담백함을 좋아한다. 역시 식빵은 통째로 찢어 먹어야 제맛이다. 다 식은 후 납작하게 썬 식빵은 촉촉함을 느낄 수 없다. 통식빵이 냉장 고기라면 썰어 놓은 식빵은 냉동 고기다. 그만큼 둘의 차이는 크다.

식빵을 반 정도 먹었을 때 즈음 엄마가 방에서 나왔다.

"그래, 괜찮은 여자 있나 좀 찾아봐. 성사만 되면 내가 섭섭지 않게 해 줄게. 그래, 그럼 알아보고 연락 줘."

엄마가 전화를 끊었다. 통화 내용은 막내 외삼촌 소개팅과 관련된 것이다. 얼마 전 막내 외삼촌이 사귀던 여자와 헤어졌고, 요즘 엄마와 이모는 열심히 막내 외삼촌의 소개팅 자리를 알아보고 있다. 외할머니와 엄마, 이모는 모두 막내 외삼촌의 여자친구를 마음에 들지 않아 했다. 외삼촌보다 연상인 것도 싫고 직장이 안정적이지 않아 별로라며 반대했다.

엄마는 지율을 한번 쓰윽 쳐다본 후 주방으로 들어갔다. 왜 이제 일어났느냐 밥도 안 먹고 무슨 빵을 먹느냐 밥 말고 빵을 그렇게 먹어 대니 키가 안 크는 걸 모르느냐는 둥 릴레이 잔소리를 늘어놨어야 하는데 엄마가 잠잠하다. 엄마는 지율의 키가 작은 걸 빵 탓으로 돌린다. 하지만 빵 말고 밥만 잘 먹는 남동생 지석이도 키가 작은 건 매한가지다. 지율이 지석이도 키가 작지 않느냐고 대꾸하면, 엄마는 지석이가 아직 초등학교 6학년이라서 그렇다고 반박한다. 남자들은 중학생 때 큰다며 말이다.

지율은 잔소리를 하는 엄마도 싫지만 딸 눈치를 보는 엄마도 마음에 들지 않는다. 지율은 그날 엄마 앞에서 그런 모습을 보인 걸 후회했다. 방학식이 끝나고 집에 돌아오자마자 지율은 엄마 앞에서 울었다. 차라리 투정을 부리듯 엉엉 소리 내어 울었다면 엄마는 당황하지 않았을 거다. 지율은 소리 없이 눈물만 주르륵 흘렸다. 학교를 벗어나 집에 오니 꾹꾹 눌러두었던 감정이 터지고 만 거다.

오락 프로그램이 끝이 나자 지율은 다시 리모컨으로 채널을 돌렸다.

"지난번에 네가 말했던 제빵 학원, 거기 다닐래?"

주방 쪽에서 엄마가 말하는 게 들렸다. 지율은 귀가 솔깃했지만 바로 반응을 보이지 않았다. 아직은 미끼를 물 때가 아니다.

"아침반 있다고 했지? 그거 다니든지."

예상 외로 지율이 아무 말도 하지 않자, 엄마가 거실로 나와 지율 앞에 섰다.

"그런 거 다 쓰잘데기 없다며. 공부에 방해만 되고."

지율은 지난번 엄마가 했던 말을 그대로 했다. 작년부터 제빵 학원에 다니고 싶다며 엄마를 졸랐다. 하지만 엄마는 학생이 공부를 해야지 무슨 그런 학원에 다니느냐며, 제빵 학원은 나중에 커서 다녀도 된다고 했다. 뭐만 하고 싶다고 하면 엄마는 매번 '나중', '나중'이다. 공부는 '지금'이고 공부와 관련되지 않는 건 모조리 '나중'이다. 하지만 나중이란 건 진짜 나중일 뿐이라서 영영 오지 않을지도 모른다.

엄마는 지율에게 정 빵을 만들고 싶으면 혼자 집에서 만들라고 했다. 하지만 재료도 구하기 힘들고 무엇보다 집에는 오븐이 없어 혼자 빵을 만드는 건 쉽지 않았다. 제빵을 할 때 오븐은 필수다.

"어차피 늦게 일어나서 지금처럼 지낼 거면 그 학원이라도 가."

엄마는 늦게 자고 늦게 일어나는 지율이 마음에 들지 않았다. 지율은 아침에 빈둥대다가 학원 갈 시간이 되어서야 느릿느릿 움직였다. 2시에 학원 수업이 시작하니 1시까지는 TV를 보거나 인터넷을 했다. 자녀 입장에서는 방학이 좋지만 부모 입장은 다르다. 차라리 학교에 가면 공부를 하든 안 하든 눈에 안 보여서 신경이 덜 쓰이는데, 집에서 빈둥대는 꼴을 보면 속이 뒤집어진다.

"제빵 학원 몇 시부터 몇 시까지야?"

"10시부터 12시. 뭐 그거 끝나고 학원 가면 시간이 딱 맞긴 해."

"일주일에 두 번이야?"

"응, 화요일이랑 목요일. 몇 번 되지도 않아."

지율은 엄마의 눈치를 살폈다. 엄마는 머릿속으로 일주일에 네 시간이면 공부에 방해가 될까 안 될까, 어차피 오전에 공부할 리도 없는데 그냥 보내 줄까 말까, 시간 계산을 하기 시작한다.

엄마는 70% 넘어왔다. 제빵 학원에 다니라고 했지만 사실 지율을 떠보고 있는 중이다. 지율이 이 제안을 덥석 물고 "정말? 진짜?"하며 좋아했다면 엄마는 지율이 심각한 상태가 아니라고 판단해 없던 일로 넘길 거다. 오히려 지율이 별로 관심을 보이지 않자 엄마가 더 안달했다. 엄마들은 청개구리 같은 면이 있다. 자녀가 공부 안 하고 친구들과 너무 놀아도 화를 내지만, 친구들과 놀지 않으면 혹시 우리 아이가 왕따가 아닐까 불안해한다. 아이가 투정을 부리면 밉다고 혼내지만, 너무 얌전히 있어도 우리 아이에게 무슨 일이 생긴 건 아닐까 걱정한다.

"일주일에 두 번밖에 안 하면서 수강료는 왜 그리 비싸?"

지율은 엄마의 말을 못 들은 척했다. 재료비 때문에 그렇다는 말을 할까 하다가 그러면 엄마에게 마음을 들킬 것 같아서 괜히 심드렁한 척했다. 엄마는 수강료가 계속 비싸다고 중얼거렸다. 하지만 지율이 생각하기에 영어, 수학을 배우는 학원비에 비하면 그리 비싸지도 않다. 보습 학원은 일 년 열두 달 학원비를 내야 하지만 제빵 학원은 고작 한 달이다. 지율은 더 우울한 표정을 지어 보였다.

"이거로 수강료 내."

수강료가 비싸다고 계속 뭐라고 하던 엄마가 지갑에서 신용카드를 꺼냈다. 마음 같아서 당장이라도 엄마 손에 있는 카드를 낚아채고 싶지만, 마지막까지 방심하면 안 된다는 걸 알기에 지율은 엄마가 탁자 위에 카드를 내려놓을 때까지 기다렸다. 마음속으로 열을 셌다. 하나, 둘, 셋……

드디어 엄마가 탁자 위에 카드를 내려놓았다. 이제 추는 지율에게 넘어왔다. 지율은 천천히 소파에서 일어서며 카드를 집었다. 엄마와의 밀당에서 지율이 승리했다.

지율은 나갈 준비를 하기 위해 방으로 들어갔다. 보습 학원에 가기 전에 제빵 학원에 등록하기로 마음 먹었다.

"3개월 할부로 끊어. 알았지?"

지율의 뒤통수에 대고 엄마가 말했다. 지율은 알았다고 고개를 끄덕였다. 엄마는 지율이 웃고 있는 걸 보지 못했다.

지율은 버스에서 내리자마자 전속력으로 달렸다. 첫 수업부터 늦을 수는 없다. 늦잠을 잔 것도 아닌데 지각이다. 제빵 학원에 간다는 들뜬 마음에 엄마가 깨우지 않았는데도 아침 8시에 스스로 일어났다. 율량동 집부터 학원이 있는 봉명동까지 버스를 타고 30분이면 가기에, 지율은 9시가 조금 넘어 여유 있게 아침을 먹고 나왔다. 하지만 유난히도 차가 막혔다.

지율이 학원 건물로 들어섰다. 엘리베이터는 6층에 멈춰 있다. 제빵 학원은 3층이다. 계단을 이용하는 게 더 빠를 것 같았다. 헉헉대며 계단을 올랐고 강의실 앞에 도착해 활짝 문을 열었다. 선생님이 첫 시간에 만들 빵에 대해 설명하고 있는 참이었다.

"죄송……합니다…… 차가…… 밀려서……."

수강생들의 시선이 온통 지율에게 몰렸다. 지율이 인사를 하고 고개를 들어 보니 대부분 삼사십 대 아줌마들이다.

"저기 오른쪽 뒷자리로 가요."

선생님이 미소를 지으며 손으로 자리를 가리켰다. 강의실은 이 열인데 첫 줄은 책상이 세 개, 둘째 줄은 책상이 두 개다. 첫 줄 책상 사이사이에 두 번째 줄 책상이 위치해 맨 앞에서 선생님이 시연하는 걸 볼 수 있게 되어 있다.

지율은 두 번째 줄로 갔다. 지율의 조에는 배가 꽤 많이 나온 임산부 아줌마와 지율 또래의 남자애가 먼저 와 있었다. 한 조는 세 명씩으로 이 둘이 지율과 같은 조였다.

지율은 가볍게 둘에게 목례를 했다. 지율이 학원 등록을 하러 왔을 때, 원장 선생님은 10시 반에 지율과 동갑인 아이가 있다고 알려 주었다. 이 남자아이가 바로 그 아이인가 보다. 얼굴이 밀가루처럼 아주 하얀 게 인상적이었다. 꼭 밀가루 반죽을 해 놓은 것 같다.

첫 시간에 만드는 빵은 바로 크로와상이다. 조리대 위에 기본 재료가 다 갖춰져 놓여 있다. 계량기도 컵부터 시작해 다양한 크기의 스푼들이 놓여 있다. 역시 프로의 느낌이 난다.

"제빵의 기본은 배합이에요. 계량기로 정확한 양을 측정해야 합니다."

지율의 옆에 있는 남자애가 노트에 선생님이 하는 말을 받아 적었다. 아차 싶어 지율이도 가방에서 얼른 노트를 꺼냈다.

어?

다시 손을 넣어 가방을 뒤지는데 필통이 없다. 깜박하고 필통을 안 챙겨 왔다. 지율이 당황하고 있는데 남자애가 필통에서 샤프를 꺼내 지율에게 건네주었다. 지율은 입 모양으로 고맙다고 말을 한 후 필기를 시작했다.

"자, 이제 시작하세요."

선생님의 설명이 끝나고 수강생들이 의자에서 일어났다. 빵을 만들 때는 서서 해야 한다.

일어선 지율이 옆을 보니 남자애의 키가 꽤 크다. 앉아 있을 때는 동그란 얼굴 때문인지 키가 클 거라 생각 못했는데 170cm가 훌쩍 넘어 보였다.

"밀가루 계량 먼저 하자."

남자애가 지율 앞에 있는 계량컵을 달라는 제스처를 취했다. 지율은 얼른 계량컵을 들어 남자애에게 건넸다. 지율과 임산부가 첫 시간이라 헤매는 것과 달리 남자애는 전에 해 본 적이 있는지 당황하지 않고 척척 빵을 만들어 갔다.

크로와상이 완성되었다. 오븐에서 갓 나온 크로와상은 냄새가 아주 좋다. 고소한 버터향이 강의실을 가득 채웠다. 지율은 침을 꼴깍 삼켰다. 당장이라도 크로와상을 집어 들어 결대로 찢어 먹고 싶었다.

"냉장고에 우유 있으니까 하나씩 꺼내 드세요."

선생님이 강의실 뒤편에 있는 냉장고를 가리키며 말했다. 지율이와 같은 조 남자애는 선생님의 말이 끝나자마자 자기가 대신 가져오겠다 말하고 냉장고 쪽으로 걸어갔다.

남자애가 200ml짜리 우유 세 개를 가져와 지율이와 임산부에게 하나씩 주었다.

잘 먹겠습니다!

지율은 속으로 큰 소리로 외친 후 얼른 크로와상을 하나 가져왔다. 각 조가 만든 크로와상은 열두 개라 한 명이 네 개씩 먹을 수 있다.

지율은 양손으로 크로와상의 끝부분을 조심스럽게 잡은 뒤, 살짝 힘을 주어 크로와상을 반으로 갈랐다. 마치 빵이 숨 쉬는 것처럼 결들이 살아 움직였다. 지율은 코로 깊게 숨을 들이마셔 빵 냄새를 맡은 후, 오른손으로 들고 있던 크로와상을 입에 넣었다. 겉은 바삭하지만 속은 촉촉하다. 역시 빵은 갓 구운 게 최고다.

"아, 맛있다."

지율은 맛있다는 말이 절로 나왔다. 처음 만든 것치고 꽤 맛이 좋다. 게다가 빵을 만드는 내내 재료들을 보고 있으니 더욱 더 빵이 먹고 싶었다. 빵을 만들 때 들어가는 재료는 부드럽거나 달콤한 것 천지다. 버터, 계란, 설탕, 밀가루 등 하얀색과 파스텔 톤의 노란색 재료들로 색마저 맛있다.

지율은 크로와상 하나를 먹은 후 또다시 하나를 집었다. 칼로리는 잠시 잊을 생각이다. 진정한 빵순이라면 칼로리 따위 계산하지 말아야 한다. 다만 지율이 직접 빵을 만들어 보니 칼로리가 어마어마하긴 하다. 빵에 버터와 설탕이 이렇게 많이 들어가는 줄 몰랐다.

선생님이 자리를 돌아다니며 조원들이 만든 빵을 평가해 주었다. 지율이네 조 크로와상을 본 선생님은 아주 잘 만들었다며 칭찬했다.

"그런데 학생들은 어떻게 여기 학원을 다니게 됐어요?"

임산부가 지율과 남자애에게 물었다. 지율은 말도 하지 않고 너무 빵만 먹었나 싶었다. 지율은 대답을 하기 위해 우유를 한 모금 마셨다.

"빵을 좋아하거든요. 내년되면 방학 때 시간도 없을 것 같고."

남자애가 대답했다. 바로 지율이 하려는 말이었는데. 지율은 자신도 그렇다고 말했다.

"맞다. 지금 방학이구나. 좋겠다, 학생들은. 방학이 있어서."

임산부는 자신은 임신 8개월째로 지금 회사 휴직 중이라며, 아이를 낳은 후 다시 회사에 나갈 거라고 했다.

"학생들은 이름이 뭐예요?"

"이우빈이요."

"저는 김지율이요."

지율은 남자애를 흘낏 쳐다봤다.

이 남자애 이름이 우빈이구나.

"둘 다 이름 예쁘네요. 난 한주미예요. 주미 언니, 누나라고 불러 주면 좋겠는데."

우빈이가 살갑게 "네, 주미 누나. 편하게 말 놓으세요."라고 했고, 지율이도 동의한다는 뜻으로 고개를 끄덕였다.

지율이 크로와상 네 개를 다 먹었지만, 주미와 우빈은 두 개씩밖에 먹지 못했다. 주미는 가방에서 밀폐 용기를 꺼내 남은 크로와상을 두 개 담았다.

"우리 남편 가져다주려고."

우빈 몫의 크로와상이 두 개 남았다. 우빈이 주미에게 하나 더 먹으라고 했지만 주미는 괜찮다고 했다. 임신해서 살이 많이 쪄 체중 조절을 해야 한다고 했다. 지율은 남은 크로와상을 바라보았다. 이미 네 개나 먹었지만 더 먹을 수 있을 것 같다. 지율은 우빈이가 제발 자신에게도 물어봐 주길 간절히 바랐다.

"먹을래?"

우빈의 물음에 지율은 고개를 끄덕인 후 크로와상을 하나 집었다. 지율은 우빈과 함께 남은 크로와상을 먹었다. 크로와상은 아직 따뜻했다.

빵을 다 먹은 후 지율은 학원에서 나왔다. 어쩌다 보니 우빈과 함께 버스 정류장까지 걸어가게 되었다.

"넌 어느 학교 다녀?"

아무 말도 하지 않고 걷기만 하는 것도 이상해 지율이 먼저 물었다.

"난 봉명. 넌?"

"서율."

"그럼 율량동 살아?"

지율이 그렇다고 고개를 끄덕였다.

"근데 넌 엄마가 학원 다니는 거 쉽게 허락해 줬어?"

"2학기 때 성적 올리겠다고 딜했어."

"만약 못 올리면?"

"엄마 손해지, 뭐."

우빈이 미소를 지으며 대답했다. 햇빛이 우빈의 얼굴을 내리쬐고 있어, 우빈을 바라보는 지율의 눈이 조금 부셨다.

"빵 만드는 거에 관심 많나 봐? 남자애들은 이런 거 별로 안 좋아하잖아. 빵을 좋아하더라도 먹는 것만 좋아할 수도 있고."

"재밌을 거 같아서. 근데 조금 어렵더라."

"맞아, 근데 넌 꽤 잘 따라가던데? 학원 처음 다니는 거 아니지?"

지율이 보기에 우빈은 침착하게 빵 만드는 과정을 잘 따라 했다.

"학원은 처음이야. 집에서 몇 번 해 봤어."

"그렇구나. 난 네가 잘해서 학원 다닌 줄 알았어."

지율은 우빈에게 가장 좋아하는 빵이 무슨 종류냐고 물었다. 우빈은 치아바타를 좋아한다고 했다. 지율도 좋아하는 빵이다. 쫄깃하고 담백해서 좋다.

"난 바게트나 식빵 같은 게 좋아. 다른 사람들은 밍밍하다고 싫어하지만."

"나도 양념이 강한 빵보다는 심심한 빵을 더 좋아해."

우빈은 10시 수업을 선택한 건 자신이 좋아하는 빵 종류를 많이 만들어서라고 했다. 지율은 우빈의 빵 취향이 자신과 비슷하다고 생각했다.

버스 정류장에 도착했다. 우빈은 집이 근처라 버스를 타지 않고 걸어간다고 했다.

"그럼 목요일 날 보자. 잘 가."

지율은 정류장에서 혼자 버스를 기다리며 콧노래를 불렀다. 날도 별로 덥지 않고 배도 적당히 부르고 학원 수업도 재밌었고 왠지 기분이 좋다. 입안에 고소한 빵 맛이 아직 남아 있는 듯했다.

학원 영어 수업이 끝났다. 지율은 수업 시간 내내 헤드뱅잉을 너무 많이 했는지 목이 아팠다. 영어 시간은 왜 그렇게 졸린지 모르겠다.

"지율아, 음료수 마시러 가자."

예나와 슬아, 세진이가 지율의 자리 쪽으로 왔다. 지율은 기지개를 펴며 일어섰다.

"그만 좀 자."

세진이 지율의 볼을 꼬집으며 말했다. 지율은 아직 잠이 덜 깼는지 꼬집힌 볼이 별로 아프지 않았다.

다 같이 학원 건물 1층에 있는 편의점으로 갔다. 예나와 슬아는 주스를 골랐고, 세진은 다이어트를 한다고 물을 샀다. 지율은 첨가물이 들어 있지 않은 탄산수를 샀다.

"난 그거 맛없어서 싫던데."

예나가 지율이 고른 탄산수를 보며 말했다. 지율은 오히려 인공적인 단맛이 나는 음료수를 싫어한다.

음료수를 골라 들고 편의점 앞 파라솔 의자에 앉았다. 영어 수업이 일찍 끝나 다음 수업이 시작하기까지 조금 시간 여유가 있다.

지율은 탄산수를 한 모금 마셨다. 탄산이 입안에서 톡톡 터지면서 정신이 조금씩 들었다. 이제 좀 잠에서 깨는 듯하다.

"방학인데 이게 뭐야. 학원 수업 시간만 더 늘어나고."

예나가 입을 비죽거리며 말했다. 지율과 세진, 예나, 슬아는 방학 특강에 등록했고 2시부터 6시까지 꼼짝없이 학원에 붙들려 있어야 한다. 슬아도 학원을 다니는 방학은 진정한 방학이 아니라고 맞장구쳤다.

"주연인 좋겠다. 학원에 안 다녀도 되고."

원래 주연까지 해서 5인방이 몰려다녔다. 하지만 주연은 이번 방학에 독일에 사는 친척이 놀러 와 학원을 쉬기로 했다.

"그러게. 주연이 완전 부러워. 알바해서 돈도 벌고."

"우리 다음에 주연이 만나면 맛있는 거 사 달라고 하자."

"당연하지."

지율, 주연, 슬아, 세진, 예나, 이 다섯 명은 올해 중3이 되면서 같은 반이 되었다. 새 학기에 과학실 청소를 함께 배정받으며 친해졌고, 내친김에 '유자유자'라는 클럽까지 만들었다. 클럽 이름을 정할 때 탱자탱자 놀고 싶어서 '탱자탱자'로 할까 했지만, 탱자는 별로 쓸데없고 하찮은 것을 비유하는 말이라고 했다. 또 다섯 명 중에 탱자를 먹어 본 사람도 없기에, 이왕이면 먹어도 봤고 맛도 좋은 과일인 '유자'로 하자며 클럽 이름을 '유자유자'로 정했다.

유자유자가 하는 일은 별거 아니다. 유자유자는 시험이 끝나거나 소풍날, 방학실 날 모여 노래방에 가거나 맛있는 걸 먹으러 간다. 굳이 클럽까지 만들지 않아도 할 수 있는 일이지만, 클럽을 결성하고 나니 노는 일도 의미가 있어 보였다.

"아, 놀러 가고 싶다. 방학에 학원에 처박혀 이게 뭐야."

예나가 다 마신 주스 캔을 손으로 찌그러뜨리며 말했다.

"나도. 근데 우리 집 여름휴가 안 간대. 아빠가 바쁘대."

"우리 집도 마찬가지야. 우리 유자유자끼리 계곡에라도 놀러 갈까?"

"부모님들이 퍽이나 허락하시겠다."

"아마 안 되겠지?"

예나의 물음에 아이들이 다 같이 고개를 끄덕였다. 남자애들은 간혹 자기들끼리 놀러 가는데, 여자 아이들은 안전상의 이유로 놀러 가는 게 쉽지 않다.

지율은 친구들이 하는 이야기를 가만히 듣고만 있었다. 지율네 집도 딱히 여름 방학에 놀러 갈 계획은 없다. 아빠가 8월 초에 휴가이긴 하지만, 그때는 어딜 가도 사람이 많아 치일 거라며 차라리 집에 있자고 했다. 지율은 별로 서운하거나 아쉽지 않았다. 만약 제빵 학원에 다니지 못했다면 방학이 이게 뭐냐며 친구들처럼 짜증을 냈을지도 모른다.

"참, 성민이 진성 학원 다닌다더라?"

"정말? 이유리도 거기 다니지 않아? 걔네 진짜 웃긴다."

지율은 성민의 이야기에 목이 막힐 뻔했는데 이유리까지 나오자 그대로 음료수가 목에 걸려 버렸다. 하지만 지율은 짐짓 아무렇지 않은 척했다.

예나와 슬아, 세진이는 성민을 욕하기 시작했다. 지율의 편을 들어주는 거라 생각할지 모르지만, 지율은 그런 친구들의 행동이 마음에 들지 않았다. 눈치가 없다고 해야 할까 무신경하달까. 지율이 성민과 헤어진 직후 유자유자 멤버들이 많이 위로해 주긴 했다. 혼자 성민을 나쁜 놈으로 만들어버리는 것보다 친구들까지 합세하여 욕을 하면 진짜로 성민이 세상에서 가장 나쁜 놈인 것 같아 지율은 기분이 좀 나아졌다. 하지만 지율은 성민의 근황을 자신이 먼저 꺼내기 전에는 친구들이 이야기하지 않기를 바랐다.

"너도 빨리 새 남친 만들어. 둘이 사귀기라도 하면 어떻게 해?"

세진의 말을 지율은 그냥 웃어넘겼다.

수업이 시작되었는지 편의점 안에 있던 다른 아이들이 후다닥 나와 학원 건물로 들어갔다. 지율과 아이들도 수업에 들어가기 위해 의자에서 일어났다.

수업이 시작되었지만 지율은 선생님의 말이 귀에 하나도 들어오지 않았다. 지율은 아랫입술을 잘근잘근 깨물었다.

정말 성민이는 이유리랑 사귀려는 걸까? 아니, 어쩌면 둘은 이미 사귀고 있는 게 아닐까?

지율은 성민과 이유리가 친한 게 마음에 들지 않았다. 하지만 성민은 이유리와는 유치원 때부터 친구였다며 둘이 절대 아무 사이도 아니라고 했다.

방학을 2주일 앞두고 메신저에서 지율과 성민은 좀 다투었다. 지율은 자신보다 친구들을 먼저라고 생각하는 성민의 행동이 마음에 들지 않았다. 지율은 성민과의 데이트 때문에 유자유자 모임도 몇 번 빠졌다. 하지만 성민은 주말에 친구들이 놀자고 하면 지율과의 약속을 미뤘다. 게다가 데이트 시간에도 만날 늦었다. 한 번도 성민은 만나기로 한 제시간에 온 적이 없다.

지율은 아무래도 안되겠다 싶어 성민에게 경각심을 줄 마음에 우린 잘 맞지 않는 것 같다며 그만 만나는 게 낫겠다는 말을 했다. 그러면 성민이 곧바로 "내가 더 잘할게."라고 말할 줄 알았다. 하지만 성민은 지율을 당황케 했다.

그래, 그럼 우리 헤어지자. 우린 정말 안 맞는 것 같아.

마치 성민은 기다렸다는 듯 알았다 했고, 곧바로 메신저에서 나가 버렸다. 지율은 성민이 “잘못했어. 내가 앞으로 잘할게.”라는 말을 할 거라 믿고 기다렸다. 하지만 성민은 지율에게 말을 걸지 않았다. 학교에서 봐도 본체만체했다. 지율은 마음이 아파 죽겠는데, 성민은 친구들과 장난을 치고 교실을 뛰어다녔다. 성민의 얼굴은 좋아 보였다. 아니, 좋다 못해 번쩍번쩍 빛까지 났다. 지율과 달리 성민은 아무렇지 않아 보였다.

성민을 생각하니 너무나 괘씸하다. 지율에게 먼저 좋다고 한 건 성민이다. 화이트 데이에 성민이 지율에게 고백을 하며 사귀자고 했다. 성민은 얼굴이 잘생겨 여자아이들 사이에 인기가 많았다. 지율은 성민 정도의 인기남이라면 첫 남자 친구로서 손색이 없을 것 같다고 생각했고, 곧바로 지율은 성민의 고백을 받아들였다.

100일을 넘게 만나면서 성민과 지율은 맞지 않은 것 투성이었다. 지율은 발라드 음악을 좋아했지만, 성민은 힙합처럼 시끄러운 음악을 좋아했다. 좋아하는 영화 장르도 달랐다. 지율은 애니메이션을 좋아해 함께 보러 가자고 하면, 성민은 유치한 게 뭐가 재밌느냐며 싫다고 했다. 성민은 유들유들한 성격이라 남자, 여자 모두에게 인기가 많다. 하지만 지율은 성민의 느끼함

이 마음에 들지 않았다. 단둘이 있을 때 성민은 진득거렸다. 손을 잡고 걸을 때도 자꾸만 지율의 손을 끈적하게 문질렀다. 지율은 산뜻하게 손을 잡기를 원했지만 성민은 그러지 않았다. 성민은 마치 느끼한 피자빵 같다.

둘은 좋아하는 빵의 취향부터 달랐다. 시험 기간에 도서관에서 같이 공부하기로 해, 지율은 집에서 만든 식빵을 간식으로 가져갔다. 지율은 성민이가 감동할 줄 알았는데, 성민은 한입 먹더니 아무 맛도 없다며 잼을 찾았다. 지율이 잼을 안 가져왔다고 하니 성민은 더는 먹지 않았다. 그리고 도서관 매점에 가서 언제 만든지도 모르는, 봉지에 기름이 잔뜩 묻은 피자빵을 사서 먹었다. 성민은 고로케나 피자빵 같은 간이 센 조리빵을 좋아했다. 그때 알아봤어야 했다. 성민은 지율에게 맞는 남자 친구가 아니란 것을.

지율이 제빵 학원에 도착했을 때 강의실은 비어 있었다. 10시부터가 수업 시작이지만 지율은 10분 일찍 왔다. 지각을 하여 수업 앞부분을 듣지 못할까 봐 서둘렀다.

지율이 손거울로 얼굴을 보고 있는데, 강의실 문이 열리는 소리가 들렸다. 우빈이 들어왔다. 지율은 얼른 거울을 주머니에 넣었다.

"어, 일찍 왔네?"

우빈이 지율에게 인사를 했고 지율도 손을 흔들어 우빈을 반겼다. 우빈은 시작 시간보다 일찍 왔다. 우빈은 5분 일찍 도착하는 습관이 있다고 했다. 수업할 때 보니 우빈은 성실하고 꼼꼼한 것 같다. 수업 시간에 필기도 열심히 했고 차근차근 과정을 따라 했다.

지율의 옆자리에 우빈이 앉았다. 우빈에게는 싱그러운 풀잎 냄새가 난다. 지율은 문득 우빈이가 어떤 향수를 쓰는지 궁금했다.

"오늘 티라미수 만드는 날이지?"

우빈이 가방에서 노트를 꺼내며 물었다.

"응."

"티라미수는 내가 제일 좋아하는 케이크야."

"정말? 나돈데."

지율은 우빈과의 공통점을 또 찾아냈다. 지율은 단 걸 별로 좋아하지 않지만 티라미수는 좋아한다. 진한 크림치즈의 맛과 쌉싸름한 커피시럽이 매우 잘 어울린다. 우울할 때 티라미수 한 조각을 먹으면 기분이 좋아진다. 누군지 모르지만 티라미수의 이름을 지은 사람은 참 대단한 것 같다. 티라미수의 뜻은 '나를 끌어올린다'이다.

500 cc
400
2½ cup
2
BEST
Since 1983

"귀걸이 예쁘다."

우빈이 지율의 귀를 보며 말했고, 지율은 쑥스러운 듯 손으로 귀를 만졌다. 성민은 지율이 고데기로 머리에 컬을 넣어도, 새로 산 옷을 입어도 알아보지 못했다. 답답한 지율이 "나 오늘 달라진 거 없어?"라고 대놓고 물어도 성민은 모르겠다며 고개만 절레절레 저었다.

얼마 전, 학원 수업이 끝나고 용돈을 탄 기념으로 지율은 친구들과 함께 쇼핑을 하러 갔었다. 지율은 쇼핑몰에서 예쁜 귀걸이를 발견했다. 빨간 큐빅이 알알이 박힌 사과 모양의 귀걸이는 한눈에 들어왔다. 학교에 다닐 때는 귀걸이를 할 수 없지만 지금은 방학 중이라 착용해도 괜찮다.

지율과 우빈이 이야기를 하고 있는데 강의실 문이 열리면서 수강생들이 들어오기 시작했다. 시계를 보니 10시가 거의 다 되었다. 지율은 조금 아쉬운 마음이 들었다.

같은 조인 주미 언니가 조산기가 있다며 수강을 취소하는 바람에 지율은 우빈과 둘이 빵을 만들어야 했다.

지율은 오븐에서 구워진 빵 시트를 꺼냈다. 지율은 시트 윗부분을 손으로 살짝 잡은 후 기다란 칼로 맨 아랫부분부터 저미듯이 가로로 빵을 잘랐다. 하지만 칼이 잘 움직이지 않았다. 지율은 시트 모양이 울퉁불퉁 나올까 봐 조심스러웠다.

"칼을 위아래로 많이 움직여 봐."

지율은 우빈이 시키는 대로 했지만 잘되지 않았다. 그러자 옆에서 크림치즈를 만들고 있던 우빈이 지율 뒤로 다가와 지율이 잡고 있는 바로 아랫부분을 잡았다. 지율의 오른 주먹 아랫부분이 우빈의 오른 주먹 윗부분과 맞닿았다. 우빈은 얼른 손을 살짝 내려 다시 칼을 잡았다. 우빈의 당황하는 모습을 보자, 지율은 우빈이 귀엽다는 생각이 들었다.

우빈과 함께 칼을 위아래로 움직였더니 시트가 매끄럽게 잘라졌다.

"자, 됐지?"

우빈이 미소를 지었다. 우빈은 자르는 방법을 알려 주고는 다시 제자리로 돌아갔다. 지율은 나머지 부분을 혼자 잘랐다. 오른손 끝에 우빈의 감촉이 계속 남아 있었다.

슬아와 예나는 티라미수를 먹으면서 연신 꺄악, 하고 소리를 질렀다. 지율은 제빵 학원에서 만든 티라미수를 가져와 친구들에게 주었다.

"대박이다, 정말!"

"보고 싶어, 그 남자애!"

지율은 제빵 학원에서 있었던 일을 친구들에게 이야기해 주었다. 우빈이 했던 말이나 행동들에 대해 하나하나 말하니, 친구들은 세상에 그런 남자애가 어딨냐며 너무 괜찮다고 난리를 피웠다. 지율도 친구들의 말에 백번 동감한다. 우빈은 지율이 꿈꾸던 이상형에 아주 가깝다. 밀가루처럼 뽀얀 얼굴에 가지런한 치아, 그리고 속 쌍꺼풀이 있는 눈. 우빈은 외모만 괜찮은 게 아니다. 우빈은 청량한 탄산수 같다. 유치하고 음흉한 다른 남자애들이랑은 다르다.

"근데 잘 모르겠어. 걔가 나한테 관심이 있는 것도 같고 아닌 것도 같고."

우빈은 지율에게 친절하다. 하지만 지율이 아닌 다른 여자들에게도 친절한 사람이라면?

"그래도 뭔가 느낌이 있을 거 아니야?"

예나가 꼬치꼬치 물었다. 예나는 남자 친구를 여럿 사귀어 남자의 심리에 대해 잘 아는 편이다.

"다음 주에 개봉하는 영화 같이 보러 가기로 했어. 걔도 일본 애니메이션 좋아한대."

빵을 만들던 도중 어쩌다가 영화 이야기가 나왔다. 지율이 보고 싶어 하는 영화를 우빈도 볼 예정이라고 했다. 그래서 둘은 다음 주 주말에 같이 영화를 보러 가기로 했다.

"야, 백 프로다. 너한테 관심 있어."

"정말?"

"당연하지. 영화를 아무나하고 보러 가겠냐?"

예나는 이제 둘이 사귈 일만 남았다고 했다. 지율은 그런 거 아니라고 말은 했지만 내심 기대가 되었다.

지율은 얼른 우빈과 잘되어 사귀고 싶다는 생각을 했다. 성민이 이유리와 사귀기 전에 먼저 말이다. 지율에게 아주 괜찮은 남자 친구가 생긴 걸 알게 되면 성민이 어떤 반응을 보일까? 지율은 성민 앞에서 보란 듯이 우빈의 손을 잡고 걷는 걸 상상했다. 성민의 낙담하는 표정을 떠올리니 지율은 자기도 모르게 푸훗, 하고 웃음이 나왔다.

"나도 한입 줘. 너희만 다 먹지 말고."

슬아가 포크로 남은 티라미수를 떠 지율 입에 넣어주었다. 혀끝에서 티라미수가 녹자, 지율은 아까 케이크를 만들 때가 떠올랐다. 주변의 다른 수강생들은 사라지고 제빵 학원 강의실엔 오직 우빈과 지율 둘만 있다. 단둘이 우빈과 있는 상상을 하니, 티라미수는 더욱더 달콤했다.

지율이 학원 수업이 끝나고 집에 왔는데 현관부터 시끌시끌했다. 거실에서 지석과 친구들이 비디오 게임을 하고 있었다. 가만히 앉아 얌전히 하면 좋으련만 이리저리 움직이고 거실 바닥에는 과자 봉지가 늘어져 있다.

어휴, 누가 초딩들 아니랄까 봐.

지율은 한숨이 저절로 나왔다.

"엄마는?"

"저녁 약속 있대. 누나, 엄마가 피자 시켜 먹으래. 우리 피자 시켜 줘."

"이따가 배고플 때 말해."

남자애들 네 명이 정신없이 놀고 있는 걸 보니 지율은 머리까지 아팠다. 지율은 방으로 들어와 침대에 걸터앉았다.

"딩동."

메시지 알림음 소리에 지율은 주머니에서 핸드폰을 꺼냈다. 우빈이다. 우빈은 주말에 영화를 예매했다고 알렸다. 아직 3일이나 남았는데 벌써 예매를 하다니, 준비성도 철저하다. 지율은 예나가 했던 말이 떠올랐다. 우빈도 데이트를 기다리고 있는 게 분명하다고 생각하니, 지율은 마음이 몽글몽글 설렜다.

영화가 끝났다. 지율은 영화를 보는 내내 해피엔딩으로 끝나지 않을까 봐 걱정했다. 다행히 바라는 대로 남자 주인공은 죽지 않았고 여자 주인공과 맺어졌다.

"재밌다. 그치?"

영화관에서 나오면서 우빈이 물었다. 지율은 속편도 제작되었으면 좋겠다고 대답했다.

"나도. 그런데 이 감독, 절대 속편 제작하지 않잖아."

"맞아. 그렇다더라."

지율은 어쩌면 자신과 우빈의 영화 보는 취향까지 이리 비슷한지 신기했다. 성민은 유치하다며 애니메이션 영화를 보러 가자고 하면 싫다고만 했다. 지율이 보기에 성민의 행동들이 더 유치하기만 했다.

지율과 우빈은 영화관 근처에 있는 카페로 갔다. 우빈이 영화를 예매해 지율은 자기가 음료수를 사겠다고 했다.

지율은 메뉴판을 봤다. 자몽빙수 사진이 보였다. 고운 우유 얼음 위의 상큼한 자몽이라니. 보기만 해도 침이 고였다.

"저거 먹을까?"

우빈이 자몽빙수 사진을 가리켰다. 텔레파시가 통한 게 분명하다. 지율은 이런 사소한 것까지 잘 맞는 우빈이 더 마음에 들었다.

“좋아, 내가 주문할게. 먼저 자리 잡고 있어.”

잠시 후 주문한 자몽빙수가 나왔다. 지율과 우빈은 자몽과 우유 얼음을 같이 떠 한입씩 먹었다.

“역시 여름엔 빙수야.”

우빈이 빙수를 떠먹으며 말했다.

“응, 난 팥빙수는 너무 달아서 싫고 과일빙수가 더 좋아.”

“나돈데. 우린 참 비슷한 게 많은 거 같아.”

우빈의 말에 지율은 그렇다고 고개를 끄덕였다. 둘의 공통점이 많다는 걸 우빈도 느낀다고 생각하자, 지율의 마음이 왠지 모르게 설렜다. 지율은 도대체 언제쯤 우빈이 자신에게 사귀자는 말을 할지 궁금했다. 제빵 학원도 다음 주면 끝이다. 제빵 학원이 끝나면 더는 우빈을 만날 수 없다. 지율은 성민처럼 알게 된 지 얼마 되지 않아 바로 사귀자고 하는 성급함도 싫지만, 우빈이 너무 뜸을 들이는 것도 조금은 불만이다. 우빈의 손도 잡고 싶고 팔짱도 끼고 싶다. 나아가 키스도.

지율은 첫 키스를 성민과 하지 않은 건 정말 잘한 일이라고 여겼다. 첫 키스의 상대는 적어도 우빈 정도는 되어야 한다. 엊그제 지율은 노트에 우빈의 장점을 쭉 적어 보았다. 우빈은 남친의 완벽한 조건을 모두 갖추었다.

빙수를 다 먹은 후 둘은 집으로 가기 위해 버스 정류장 쪽으로 걸었다.

“지율아, 너희 학교는 개학 언제야?”

“20일. 너흰?”

“우리는 21일. 하루 차이네.”

지율이 방학이 조금 더 길었으면 좋겠다고 하니, 우빈도 동감이라고 대답했다.

“그럼 너는 내년에 어느 중학교 갈 거야?”

“어? 중학교?”

지율은 잘못 들었나 싶어 되물었다. 우빈이 고등학교라고 말한 걸 잘못 들었거나 아니면 우빈이 착각하여 잘못 말한 거다. 지율은 신경 쓰지 않고 지망하는 고등학교를 말했다.

“나는 청주여고 가려고. 집이랑 가까우니까. 너는?”

“청주여고?”

이번에는 우빈이 놀라 되물었다. 우빈은 눈을 동그랗게 뜨고 지율을 바라보고 있다. 지율은 우빈이 왜 저런 표정을 짓는지 이해할 수 없었다. 지율이 여고를 간다고 해서 그런가 보다. 남녀공학에 가야 같이 학교를 다닐 수 있으니까. 지율은 우빈이 이

정도로 자신을 생각하는지 몰랐다. 지율은 얼굴이 조금 달아올랐다.

"너 영재라도 되는 거야? 중학교 건너뛰고 고등학교 가게?"

우빈이 이내 웃으며 말했다.

"무슨 소리야? 나 지금 중학교 잘 다니고 있다고."

"중학교? 무슨 중학교?"

지율과 우빈은 서로의 말을 오해했고, 오해를 이해하여 농담으로 여겼지만 두 사람 중 누구도 농담을 하지 않았다.

"너, 6학년 아니야?"

"나 중학교 3학년인데. 그럼 너는?"

지율이 뒷말을 잇지 않았지만 우빈이 알아듣고 천천히 고개를 끄덕였다.

"나는 네가, 아니, 누나가 나랑 동갑인 줄 알았어……요."

우빈이 갑자기 높임말을 썼다.

이제까지 지율과 우빈은 서로를 같은 나이라고 생각하고 있었다. 지율이 말한 내년은 고등학교였고, 우빈이 말한 내년은 중학교 생활이었다.

"제빵 학원 원장님이 우리 반에 나랑 동갑인 애가 있다고 했는데……."

"아, 그 누나는 수강 취소했대요."

우빈이 설명을 했고, 둘 사이에 정적이 흘렀다.

"야, 넌 초딩이 뭐 그리 키가 큰 거야."

지율은 뭔가 억울했다. 우빈의 키가 크지만 않았어도 그런 오해는 하지 않았을 텐데. 하지만 지율도 할 말은 없다. 키가 작은 지율을 보고 초등학생으로 아는 사람들이 많았으니까.

지율과 우빈이 더 이상 아무 말도 하지 않고 서 있는데, 버스가 정류장으로 들어왔다. 지율네 집으로 가는 버스다.

"버스 왔다. 나 갈게."

지율은 우빈의 얼굴을 보는 둥 마는 둥 하며 버스에 올랐다.

빈자리가 보여 앉는 순간 지율의 핸드폰 메시지 알림이 울렸다. 핸드폰을 꺼내 보니 예나에게 온 거다.

오늘 우빈이 잘 만났어? 어땠어? 걔가 사귀재?

지율은 답문을 하지 않고 핸드폰을 주머니에 다시 넣었다.

우빈은 완벽한 남자 친구의 조건을 가지고 있다. 다정하고 세심했으며 심지어 지율과 취향도 아주 비슷했다. 우빈이라면 서로 공통점이 많아 잘 만날 수 있을 것 같았다. 하지만 이건 모두 우빈의 나이를 몰랐을 때의 이야기다.

초등학생 남친이라니. 게다가 남동생 지석과 동갑내기라니.

지율은 저도 모르게 인상이 찌푸려졌다.

내년이면 우빈이는 중학생이 된다.

아, 그러면 나는 고등학생이지. 우빈이가 고등학생이 될 때까지 기다리면? 나는 또다시 대학생이 되겠지. 도저히 맞지가 않잖아.

지율은 생각하고 또 생각했다. 불현듯 지율은 막내 외삼촌이 떠올랐다. 외할머니와 엄마, 이모가 막내 외삼촌의 여자 친구를 싫어했던 가장 큰 이유는 여자가 3살 연상이었기 때문이다. 아무래도 여자는 남자보다 한 살이라도 어린 게 좋다고 했다. 그때 지율도 엄마의 편을 들었다. 외삼촌보다 나이 들어 보이는 여자가 마음에 들지 않았다.

지율은 자신이 왜 그랬을까 후회가 되었다. 그때 외삼촌의 편을 들 걸 싶었다. 외삼촌의 여자 친구는 고작 3살 많았던 것뿐인데.

버스 창문으로 햇볕이 들어왔다. 오후 4시가 훌쩍 넘었는데도 여름 햇볕은 아직까지 강렬하다. 눈이 부셔 지율은 눈을 감았다. 머리가 아플 정도로 햇볕이 강하다. 여름이 싫다.

지율은 버스 창문에 기대어 오른쪽 머리를 창문에 쿵쿵 박았다.

나의 특별한 알바기
: 한국어 강습

"나 레모네이드. 얼음 많이. 오트밀 쿠키도."

카페에 들어오자마자 멜라니가 날 시켰다. 주문을 하러 간 사이 멜라니는 자리를 잡고 편히 앉아 있다. 멜라니가 요구한 대로 주문을 한 후 음료가 나오길 기다렸다.

아아, 덥다. 열을 식히기 위해 얼굴 가까이 손을 가져가 손부채를 부쳤다. 카페라서 시원할 줄 알았는데 전혀 아니다.

"여기 에어컨 더 세게 안 틀어요?"

"네? 다들 춥다고 그러는데……."

주변을 둘러보니 얇은 가디건을 꺼내 입은 손님까지 있다. 나만 더운가?

주문한 음료가 나왔다. 쟁반 위에 가지런히 담아 멜라니 쪽으로 걸어가고 있는데, 멜라니가 날 보고 소리쳤다.

"조까, 티슈!"

카페에 있던 사람들이 멜라니를 쳐다보았다. 난 얼른 음료를 가지고 멜라니가 앉아 있는 테이블로 갔다.

"고모, 그냥 내 이름 부르면 안 돼? 조카라고 부르지 말고 주연이라고 불러. 응?"

멜라니가 혀를 쏙 내밀며 싫다고 했다. 열여섯, 나와 동갑인 멜라니는 나에게 고모 대접을 받으려고 나를 꼭 조카(발음은 조까에 가깝다)라고 부른다.

"나 때문에 그런 게 아니라, 고모 걱정해서 그런 거야."

난 조카가 아니라 '조까'라고 들린다고 설명했다. 멜라니는 조까가 뭐 어떠냐고 했고,

"그게 말이지."

나는 조까의 뜻을 최대한 쉽게 풀어서 설명했다. 내가 설명을 잘했는지 멜라니가 인상을 썼다.

"말하지. 빨리!"

멜라니는 화를 내며 고개를 돌려 주위를 살폈다. 아까의 행동이 창피하긴 한가 보다.

"그러게 내가 이름 부르라고 했잖아."

멜라니는 우리 할머니의 여동생이 낳은 딸이다. 그러니까 멜라니는 나에게 이종 고모가 된다. 이모할머니는 파독 간호사로 1970년대 말 독일에 갔고, 그곳에서 간호사 생활을 하면서 독일인과 결혼했다. 멜라니는 이모할머니의 늦둥이 딸이다. 멜라니의 오빠 둘은 멜라니보다 15살, 12살 더 많다. 멜라니가 4살 때 이모할머니랑 오빠들과 함께 한국에 3개월 정도 머물렀다고 한다. 그때 나와 자주 만났다고 하는데, 너무 어렸을 때라 기억이 거의 나지 않는다. 그건 멜라니도 마찬가지라고 했다.

멜라니는 지난주에 여름 방학을 맞아 두 번째로 한국에 왔는데, 이번엔 혼자 왔다.

여름 방학을 하기 2주 전, 할머니가 멜라니 이야기를 꺼냈다. 할머니는 독일에 사는 조카가 놀러 와 우리 집에서 3주가량 머무를 거라고 했다. 멜라니가 한국에서 지내면서 한국 문화와 한국말을 배우고 싶다고 했다는 거였다. 할머니는 내게 여름 방학에 학원에 다니지 말고 멜라니와 함께 지내며 한국말을 가르쳐 주라고 했다. 그때 난 아싸! 라고 속으로 뿐만 아니라, 말로도 내뱉었다. 여름 방학만은 신나게 놀고 싶은데, 학원 때문에 불가능하다. 친구들이 모두 다니니까 나만 다니지 않을 수가 없어 별수 없이 이번 여름도 학원 뺑뺑이를 해야겠구나 싶었다. 하지만 할머니가 나서서 학원에 다니지 말라고 하니, 이보다 더 좋을 수 없었다. 엄마는 좋아하는 나를 째려보기만 하고 할머니에게 한마디도 못했다. 우리 가족은 아빠의 사업이 어려워지는 바람에 작년부터 할머니 집에서 얹혀살고 있는 중이다.

"멜라니랑 너랑 사이가 아주 좋았어."

4살 때 찍은 사진을 보면 멜라니랑 나는 서로 꼭 껴안고 있거나 둘이 신나게 깔깔거리며 웃고 있는 게 많다. 비록 어렸을 때 기억은 나지 않지만 외국에서 온 동갑내기 친척이라니 기대가 되었다. 사진 속 4살 멜라니는 눈도 동그랗고 피부도 뽀얀 아주 아주 귀여운 아기였다. 난 얼른 멜라니가 오기만을 기다렸다.

"강습료도 넉넉하게 줄 테니까 멜라니한테 잘해 줘야 한다."

강습료라는 말에 나는 다시 한번 눈이 휘둥그레졌다. 할머니는 아르바이트하는 거라 생각하고 멜라니에게 한국말을 잘 가르쳐야 한다고 당부했다. 할머니가 제시한 강습료는 생각보다 많았고, 멜라니의 한국말이 많이 늘거나 멜라니가 수업을 만족해 하면 보너스까지 챙겨 준다고 했다. 잘만 하면 이번 기회에

최신 스마트폰으로 바꿀 수 있다. 내 핸드폰은 아빠가 쓰던 구형 폰이다. 어떻게든 보너스를 받아서 핸드폰을 바꾸고 말 거다.

멜라니가 오기 전에 어떻게 하면 한국어를 잘 가르칠 수 있는지 고민했다. 외국인을 위한 한국어 교재가 있다고 해서 그 책을 사다가 미리 공부하고, 학교에서 재밌게 수업하는 선생님의 수업은 더 유심히 들었다. 멜라니에게 좋은 선생님이 되고 싶었다.

하지만 나는 지금 선생님보단 멜라니의 몸종 역할을 하고 있다는 게 더 알맞은 표현일 거다. 멜라니는 이것저것을 나에게 시켰다.

"얼음 적어. 많이."

멜라니가 내 쪽으로 자기 컵을 죽 밀었다. 얼음을 더 받아 오라는 뜻이다. 나는 끄응, 하고 소리 낸 채 컵을 들고 카운터로 갔다. 아휴, 이주연 성격 많이 죽었다. 친구들이 지금의 날 보면 어울리지 않는다고 한마디씩 할 거다.

멜라니는 내가 생각한 것보다 훨씬 한국말을 못했다. 단어를 띄엄띄엄 이야기하는 수준이다. 최소한 엄마가 한국인이라 어느 정도 한국말을 할 줄 알았는데, 그게 아니다. 이모할머니랑은 독일말로 대화했다고 한다.

멜라니는 내가 받아 온 얼음을 입에 넣더니 아그작아그작 씹어 먹었다. 그러면서 한국이 덥다는 말을 몇 번 했다.

"자, 오늘 공부해야지."

카페에 온 건 공부를 하기 위해서다. 할머니가 집에만 있지 말고 멜라니를 데리고 쇼핑센터도 가고 카페도 가라며 용돈을 챙겨 줬다.

나는 가방에서 한국어 교재를 꺼냈다. 외국인을 대상으로 한국어를 가르치는 책인데, 우리나라 초등학교 1·2학년 국어 교과서 수준 정도 된다. 책을 넘겨보면서 별거 아니네, 하고 생각했지만 이걸 멜라니에게 가르쳐야 한다고 생각하니 우리나라 말이 영어만큼 어렵게 느껴졌다.

멜라니가 한국어를 배운 지는 2년 정도 되었다. 멜라니의 오빠 두 명은 아예 한국말을 할 줄 모르고, 그나마 멜라니만 한국어 학당에서 배워 조금 하는 거다. 그래도 2년 배운 거 치고는 꽤 잘한다. 나는 영어를 7년 이상 배웠지만 멜라니만큼은 못할 것 같다.

"한국말은 존댓말과 낮춤말이 있어. 어른들한테는 존댓말을 써야 해."

나는 멜라니가 알아들을 수 있도록 최대한 천천히 또박또박 말을 했다. 난 평소에 말이 빠르다고 지적을 많이 받지만 멜라니와 이야기할 때는 의식적으로 말을 느리게 한다. 학원에서 원어민 강사의 수업을 들을 때 그나마 천천히 이야기해 주면 알아들을 수 있다. 어떤 원어민 강사는 수강생의 영어 수준을 생각하지 않고 평상시처럼 빠르게 이야기한다. 그러면 수업 시간 내내 무슨 말인지 하나도 모른 채 가만히 앉아만 있다가 집에 오게 된다. 그런 강사들은 눈높이 교육이 뭔지 모르는 게 분명하다.

"존대말?"

"응, 어른한테 하는 말은 존댓말이라고 해. 보통 말끝에 '요'를 붙인다고 생각하면 쉬워. 했어가 아니라 했어요, 먹어가 아니라 먹어요, 라고 하는 거야."

나는 노트에 써 가면서 천천히 설명했다.

먹어요가 아니라 잡수세요, 라고 알려 줘야 하는 게 아닌가 했지만 그만두었다. 그러면 너무 복잡해진다.

"중요하댔어. 한국은. 존대말이."

"존대말이 아니라 존댓말."

나는 멜라니의 발음을 고쳐 주었다. 하지만 쉽지 않다. 아무래도 존댓말은 외국인이 발음하기에 꽤 어려운 단어 같긴 하다.

"주연도."

멜라니가 집게손가락으로 나를 가리키며 말했다.

"나? 뭐?"

"너도 나는 써야지, 존대말."

멜라니가 씨익 웃으며 나를 바라보았다. 뭐야? 나한테 존댓말까지 하라는 거야? 멜라니는 어디서 들었는지 한국 사람은 어른에 대한 예의를 중요시 여긴다며 동갑내기인 나에게 꼬박꼬박 고모라고 부르라고 시켰다.

"괜찮아, 존대말 안 해. 내가 봐줬다."

멜라니가 선심 쓴다는 듯한 얼굴로 말했다. 봐줬다는 말은 또 어디서 배웠는지 모르겠다. 멜라니는 한국말을 배우기 위해 한국 드라마와 영화를 많이 봤다고 했다.

"고마워, 고모."

나는 '고모'를 한껏 강조하며 대답했다. 지난주 멜라니와 내가 처음 만났을 때, 할머니가 농담으로 "주연아, 멜라니가 네 고모란다. 고모라고 부를래?"라고 말했다. 나를 비롯한 가족들 모두 웃고 넘겼는데, 멜라니는 좋다며 그렇게 하자고 했다.

뭐 동갑내기인 멜라니가 내게 고모인 척 구는 건 백번 양보할 수 있다. 하지만 우리 아빠한테 "준성아!"라고 이름을 부르는 건 도저히 못 참겠다. 아무리 멜라니와 우리 아빠가 이종사촌이라고 하지만, 우리 아빠랑 제 나이가 몇 살 차인데. 엄마한테 슬쩍 못마땅하다고 말하니, 엄마는 내 볼을 꼬집으며 어울리지 않게 심청이 코스프레 하지 말라고 했다. 평소에 아빠한테 말대꾸나 하지 말라며 말이다.

"주연, 경주 멀어?"

"경주?"

뜬금없이 멜라니가 경주 이야기를 꺼냈다. 무슨 경주를 말하는 거지?

"도시를 말하는 거야? 서울 같은?"

멜라니가 고개를 끄덕였다.

"거기, 멀어?"

"글쎄? 여기에서 차 타고 2시간쯤 걸리나?"

"주연, 가 봤어? 경주?"

"응, 초등학교 수학여행 때 갔었어. 그러니까 수학여행은 뭐냐면 말이지."

나는 수학여행이 학교에서 단체로 가는 여행이라고 설명해 주었다. 물어보지도 않은 걸 먼저 친절하게 설명해 주다니. 나처럼 괜찮은 선생님도 없을 거다.

"근데 경주는 왜?"

멜라니는 대답 대신 어깨를 으쓱해 보이는 것으로 대신했다. 한국 드라마나 영화에서 봤나 보다.

멜라니가 더는 묻지 않아 그냥 공부를 시작했다.

"말하는 것만 중요한 게 아니라 글 쓰는 것도 중요해. 자, 봐 봐. 문장이 거의 다 틀렸잖아."

나는 멜라니가 쓴 일기의 문장을 고쳐 주며 말했다. 멜라니가 쓴 걸 보면 문법에 안 맞는 게 한두 개가 아니다. 주로 조사를 잘못 쓴다. 멜라니는 글 쓰는 건 완전 꽝이다. 유치원생보다 더 못했다. 직접 써 보는 게 문장 실력을 늘리는 데 좋을 거 같아, 멜라니에게 매일 5줄 이상씩 한국말로 일기를 쓰라고 시켰다.

나는 주연가 백화점이 갔다.

"자, 봐 봐. 여기는 주연이와 백화점을 갔다, 라고 고쳐야 해. 백화점은 목적어란 말이야. 그때는 '을', '를'을 쓰는 거야."

난 빨간 펜으로 틀린 곳을 고쳐 주었다.

"그럼 주연이와는 뭐야? 이도 목적어?"

뭐지? 주어랑 목적어, 서술어를 제외한 건 나도 잘 모르겠다. 멜라니가 나도 모르는 걸 물어보면 식은땀이 난다. 나는 사실 문법이 약하다. 나도 모르게 "외워, 그냥!"이라는 말이 튀어나올 뻔했다. 어렸을 때 엄마가 공부를 가르쳐 주면서 그냥 외우라고 하는 게 제일 싫었다. 이해를 해야 아는 건데 무조건 외우라니. 난 엄마에게 빵점 선생님이라고 했다. 하지만 이제 보니 그냥 외워야 하는 것도 있는 것 같다.

내가 우리나라 말을 술술 잘하는 건 태어났을 때부터 하면서 자랐기 때문이다. 주어가 어떻고 목적어가 어떻고를 생각하고 말을 한 게 아니라, 그냥 하다 보니 알게 된 거다. 한 나라의 언어를 배운다는 건 암기식으로 몇 년 한다고 되는 게 아니다. 우리나라 사람들이 영어 점수는 높지만 회화가 안되는 데에는 다 이유가 있다.

"나랑 백화점에 갔다는 거잖아. 그럴 때는 with의 의미로 '와'나 '과'를 쓰는 거야."

난 슬그머니 멜라니의 질문을 피하며 설명했다. 잘 모르는 걸 물어볼 때는 은근슬쩍 넘어가는 것도 요령이다. 다행히 멜라니는 더 자세히 물어보지 않았다.

나는 책상에 앉아 한국어 교재 공부를 했다. 요즘 계속 멜라니 때문에 한국어 공부를 하고 있다. 혼자 읽으면 무슨 말인 줄 다 알지만, 그걸 다른 사람에게 알려 주기 위해서는 또 다른 이해가 필요하다. 선생님이 해야 할 일이 이렇게 많은지 처음 알았다. 방학 중에 공부라니. 차라리 학원에 다니는 게 나을 것 같다. 학원에는 가만히 앉아만 있으면 되는데…….

유자유자 애들은 매일 만나겠지? 걔네는 좋겠다. 메신저에서 유자유자 애들과 대화를 주고받으면 친구들은 학원에 다니지 않는 내가 부럽다고 하지만, 종일 멜라니의 심부름을 하는 날 보면 그 소리가 입안으로 쏙 들어갈 거다.

"주연아, 나와 봐."

강조할 부분을 빨간 펜으로 적고 있는데, 밖에서 엄마가 불렀다. 난 교재를 책상 위에 펼쳐 둔 채 거실로 나갔다.

"이거 재민이네 집에 가져다주고 와."

엄마가 밀폐 용기를 쇼핑백에 넣으며 말했다. 아까 점심에 먹은 돼지갈비와 식혜다. 엄마가 멜라니를 위해 아침부터 만들었다. 할머니가 멜라니에게 무슨 한국 음식이 먹고 싶으냐고 물으니, 두 가지를 말했다.

"재민이네 엄마, 식혜 좋아하잖아. 여름이라 빨리 상하니까 냉장고에 넣고 오늘내일 중으로 다 먹으라고 해."

엄마의 심부름은 싫지만 재민이네 집에 가는 거라면 언제든 오케이다.

다시 방으로 들어와 옷을 갈아입고 얼굴에 파우더를 발랐다.

틴트도 꺼내 입술에 발랐는데, 너무 빨갛다. 너무 티가 나나? 뭐 시간 지나면 조금 발색력이 떨어지니까 지금은 이래도 이따가는 괜찮을 거다.

"주연, 어디 가?"

침대 위에서 노트북으로 한국 영화를 보고 있던 멜라니가 물었다.

"엄마 심부름. 고모도 같이 갈래?"

멜라니는 하루 종일 집에만 있던 게 심심했는지 고개를 끄덕였다.

엄마가 챙겨 준 쇼핑백을 들고 멜라니와 함께 집에서 나왔다. 재민이네 집은 우리 집에서 걸어서 10분도 채 걸리지 않는다. 재민이와 나는 6살 때 같은 유치원을 다녔고, 엄마들끼리 그때부터 친하게 지냈다. 아쉽게도 재민이랑 나는 같은 초등학교, 중학교를 다녔지만 단 한 번도 같은 반이 된 적이 없다. 재민이가 초등학교 때 3년 동안 필리핀에 살다 오는 바람에 같은 반이 될 기회가 더 적었다. 엄마한테 들으니 재민이도 나랑 같은 고등학교에 갈 거라고 했다. 제발 고등학교 때는 한 번이라도 재민이랑 같은 반을 했으면 좋겠다.

재민이네 집 앞에 도착했다. 나는 초인종 벨을 누르기 전에 주머니에서 거울을 꺼내 다시 한번 얼굴을 살펴봤다. 걸어오는 동안 땀을 조금 흘리긴 했지만 파우더가 지워지진 않았다.

"들어와."

재민이가 문을 열어 주었다. 재민이는 집에 혼자 있었다. 아줌마는 외출하셨다고 했다. 방학을 한 후 처음으로 재민이를 만났다. 학교를 다닐 때는 비록 같은 반은 아니더라도 오다가다 마주칠 수 있었는데, 방학을 하니 도통 볼 기회가 없었다. 방학은 다 좋은데 재민이를 볼 수 없는 게 조금 아쉽다.

"아, 여긴 우리 고모 멜라니야. 독일에서 왔어. 우리랑 나이는 동갑인데, 우리 할머니 여동생의 딸이거든. 그리고 여기는 한재민."

나는 재민이와 멜라니에게 각각 서로를 소개해 줬다. 재민이는 날씨도 더운데 무거운 걸 들고 오느라 고생 많았다며 음료수를 한잔 마시고 가라고 했다. 역시 재민이는 센스쟁이다. 내가 재민이를 좋아하는 이유 중에 하나가 바로 이런 면 때문이다. 재민이는 다른 남자애들과 다르게 친절하다.

나와 멜라니가 거실 소파에 앉아 있는데 재민이가 오렌지 주스를 가져다주었다. 나는 주스를 한 모금 마셨다.

"웨어 아유 프롬?"

"아임 프롬 베를린. 두 유 노우 베를린?"

재민이가 멜라니에게 영어로 물었고, 멜라니는 자연스럽게 대답을 했다. 나는 둘이 하는 이야기 중 첫 문장 정도만 알아들었고 그다음부터는 알아듣지 못했다. 둘은 계속 이야기를 주고받았다.

멜라니가 영어를 이렇게 잘하는 줄 몰랐다. 좋겠다, 멜라니는 영어도 잘하고. 뭐 나도 독일에서 태어났으면 저렇게 영어를 잘했을 거다.

하하, 호호.

둘 사이에 내가 끼어들 틈이 없다. 둘은 처음 만났으면서 무슨 할 이야기가 저렇게 많은지 모르겠다. 재민이가 가져다준 음료수는 벌써 아까 다 마셨다. 나는 둘이 대화하는 걸 지켜보는 게 지루해 벽에 걸린 시계도 보고, 장식장 위에 놓인 장식품 개수도 세고, 거실 탁자 위에 묻은 얼룩의 크기도 손으로 재 봤다.

재민이네 거실 모양을 거의 다 외웠을 때 즈음, 현관문이 열리면서 재민이네 아줌마가 들어왔다.

"주연이 오랜만이네. 네가 독일에서 왔다는 친척이구나?"

나와 멜라니는 아줌마에게 인사를 했다.

"아휴, 참 예쁘게 생겼다."

아줌마가 멜라니를 보며 칭찬했고, 멜라니도 알아들었는지 배시시 웃었다. 멜라니는 두꺼운 쌍꺼풀이 있어 눈도 크고 코도 오뚝하다. 머리카락도 갈색의 긴 생머리로 찰랑찰랑거린다. 멜라니와 함께 다니면 사람들이 다 쳐다본다. 청주에서 서양인은 자주 보기 힘들기 때문이다. 치, 나도 아빠가 독일 사람이면 멜라니 정도는 생겼을 거다.

"저흰 그만 가 볼게요."

"왜? 더 놀다 가지?"

"아니에요."

나는 집에 가서 할 일이 있다며 아줌마와 재민이에게 인사를 하고 멜라니와 함께 나왔다.

집을 향해 재빠르게 걷고 있는데, 멜라니가 같이 가자고 소리쳤다.

"네 친구, 영어 잘해."

"필리핀에서 살다 와서 그래."

"알아. 마닐라 알라방 살았대. 내 친구 거기 살아."

그사이에 둘이 참 많은 대화를 나눈 것 같다. 나도 몰랐던 걸 멜라니가 알다니. 난 재민이가 마닐라에서 산 것까지만 알지 더 자세히는 몰랐다.

"고모도 영어 무지 잘하더라."

"비슷해. 독일어, 영어."

"좋겠다, 넌. 독일 사람으로 태어나서."

나도 모르게 멜라니에게 너, 라고 말했다. 하지만 다행히 멜라니는 못 알아들은 것 같다. 한국으로 오는 비싼 비행기 표를 턱하니 사 줄 수 있는 부모에, 잘생긴 오빠 둘에, 마당 딸린 넓은 집까지 멜라니는 모든 걸 다 갖췄다.

"덥다. 빨리 가자."

난 툴툴거리며 걸었다. 멜라니를 보며 환하게 웃던 재민이도 밉고, 내가 끼어들 틈도 없이 재민이와 둘이 이야기한 멜라니도 밉고, 영어 한마디 할 줄 모르는 내 입도 밉다.

멜라니가 경주에 가 보고 싶다고 했다. 불국사를 보고 싶다며 말이다. 할머니가 그럼 주말에 가족 모두가 가자고 했지만, 멜라니는 나와 단둘이 가겠다고 했다. 왜 하필 나랑? 나는 경주를 잘 모른다며 엄마, 아빠와 함께 가는 게 좋겠다는 식으로 말했다. 그러자 멜라니는 준성도 주말에는 쉬어야 하지 않느냐고 말했고, 엄마도 더운 날씨에 경주에 가는 게 싫은지 표정이 별로였다. 이러다가 할머니와 멜라니, 그리고 나, 이렇게 셋이 가야 할 것 같았다. 내가 모셔야 할 사람은 멜라니 한 명으로 충분하다. 차라리 멜라니와 둘이 다녀오는 게 나을 듯했다. 그렇게 해서 멜라니와 나는 경주에 가게 되었다. 할머니는 여행 경비와는 별도로 오만 원의 알바비를 챙겨 주며 멜라니를 잘 데리고 다니라고 했다.

청주에서 경주까지는 3시간이 걸렸다. 당일치기로 다녀와야 했기에 우리는 첫차인 7시 버스를 탔다. 평일 아침이라 그런지 빈 좌석이 꽤 많다. 자리가 3분의 1도 차지 않았다.

아침 일찍 일어나 너무 피곤하다. 하품을 계속 하는 나와 다르게 멜라니는 눈이 초롱초롱했다. 어젯밤에 나보다 더 늦게 잔 것 같은데 안 피곤한가?

난 가방에서 엄마가 싸 준 과일을 꺼냈다. 과일을 집어 먹는데 멜라니는 먹지 않았다. 멜라니는 아침도 먹는 둥 마는 둥 했다.

"버스 오래 타면 배고파. 그러니까 이거라도 먹어."

방울토마토를 하나 집어 멜라니 입에 넣어 주었더니, 마지못해 받아먹었다.

"고모, 근데 불국사는 어떻게 알았어?"

이제는 멜라니에게 고모라는 말이 저절로 나온다. 처음에는 어색했지만 고모를 하나의 별명이라고 생각하니 부르는 게 어렵지 않았다.

"무영탑. 그 이야기 슬퍼. 주연, 알지? 무영탑?"

무영탑이면 석가탑이었던가 다보탑이었던가? 어렸을 때 동화책에서 읽었던 것 같은데 잘 기억이 나지 않았다.

핸드폰으로 검색해 보니, 무영탑은 석가탑이다. 아사달을 기다리다 연못에 빠져든 아사녀의 이야기다. 일곱 살 때인가 그 이야기를 읽고 울었던 게 떠올랐다. 그런데 멜라니는 무영탑의 전설을 누구에게 전해 들었을까? 내가 물어보니 이번에도 멜라니는 대답 대신 어깨를 으쓱해 보였다. 이건 대답하기 싫다는 뜻이다. 그동안 관찰한 결과, 멜라니는 대답하고 싶지 않으면 한국말을 잘 못한다는 이유로 못 알아들은 척을 해 버린다.

나는 바나나 껍질을 까서 한 입 베어 물었다. 수박을 먹고 싶었지만, 수분 함량이 높은 과일을 많이 먹으면 화장실에 가고 싶을까 봐 참았다.

"불국사 안 가. 다른 가."

"뭐?"

멜라니의 말을 정확히 알아들을 수 없었지만 불국사가 아닌 다른 곳에 가겠다는 뜻인 것 같다. 어디를 갈 거냐고 물었지만 멜라니는 이번에도 대답을 해 주지 않았다.

"불국사에 안 간다고? 왜? 너 거기 가고 싶다며? 그럼 어딜 갈 건데?"

내 말이 너무 빨랐는지, 그래서 멜라니가 알아듣지 못했는지 멜라니가 인상을 썼다. 나는 다시 천천히 하나하나 물었다.

"불국사에 안 간다고?"

멜라니가 고개를 끄덕였다.

"그럼 우리가 경주에 왜 가는 건데?"

"만난 사람 있어."

"만날 사람이 있다고?"

"응. 만날 사람."

멜라니는 입 모양으로 만난 사람, 만날 사람을 발음해 보며 둘의 차이를 따지고 있는 듯했다.

"만날 사람이 누군데? 고모가 한국에 아는 사람이 있어?"

멜라니는 대답 대신 손목에 찬 시계를 봤다.

"두 시간 더 가?"

멜라니는 그 말을 하고는 피곤한지 눈을 감았다. 난 멜라니의 말에 잠이 다 달아났다. 하지만 버스는 이런 내 상황을 전혀 신경 쓰지 않은 채 경주를 향해 빠르게 달리고 있었다.

10시가 조금 넘어 경주에 도착했다. 버스에서 내려 난 멜라니에게 진짜 불국사에 가지 않을 거냐고 물었다. 멜라니는 대답을 하지 않고 터미널 바깥으로 나갔다. 멜라니는 경주에 처음 와 봤을 텐데도 거침없이 걸었다.

"같이 가, 고모!"

난 멜라니를 놓칠까 봐 서둘러 따라갔다.

"70번, 51번 버스야."

멜라니가 버스 정류장을 찾는 듯했다. 저 멀리 정류장 표지판이 보였다. 난 얼떨결에 저쪽이라고 멜라니에게 알려 주었다. 멜라니와 나는 정류장까지 걸어갔다.

"어디를 가는 건데? 누굴 만나려고?"

멜라니가 대답을 하지 않은 채 버스를 기다렸다.

"적어도 나한테는 이야기해 줘야 하는 거 아니야?"

난 멜라니의 팔을 세게 잡았다. 멜라니에게 화가 났다. 도대체 나를 뭐라고 생각하기에 여기까지 데려와 놓고, 어디를 가는지 이야기도 안 해 주는 걸까?

"내 첫사랑. 여기 살아. 그 사람 만나러 왔어, 한국은."

멜라니가 고개를 떨군 채 대답했고, 난 멜라니의 팔을 놔주었다.

잠시 후 70번 버스가 먼저 도착했고, 우리는 버스에 올라탔다.

멜라니가 가려고 한 곳은 경주대학교다. 멜라니는 버스 안내 방송을 잘 알아듣지 못한다며 내게 경주대학교 앞에 도착하면 내려야 한다고 말했다. 멜라니에게 첫사랑이 누구냐고, 왜 그 사람이 경주대학교에 있느냐고 물어봤지만, 멜라니는 입을 꾹 다문 채 알려 주지 않았다.

20분 정도 지나 경주대 앞에 도착했다. 버스에서 내렸더니 햇볕이 장난 아니다. 강렬한 햇볕 때문에 눈이 제대로 안 떠질 정도다. 난 눈을 찡그린 채로 멜라니를 따라 걸었다.

경주도 청주와 마찬가지로 대도시가 아니라 분위기가 조용하다. 오히려 청주보다 더 차분한 느낌이다. 버스를 타고 오면서 보니, 높은 건물이 거의 없고 넓은 평지가 눈에 띄었다.

"약속은 되어 있는 거야?"

"응. 도착하면 전화해, 내가."

도착한 후 상대에게 전화하겠다는 뜻 같다.

멜라니와 나는 경주대 안으로 들어갔다. 방학이라 그런지 대학교 교정에는 사람이 많지 않았다.

학교 건물이 보일 때 즈음, 멜라니가 내게 핸드폰을 빌려 달라고 했다. 난 주머니에서 핸드폰을 꺼내 멜라니에게 주었다.

멜라니는 수첩에 적어 온 번호를 꾹꾹 눌렀다.

상대방과 연결이 되었는지 멜라니가 말을 하기 시작했다. 독일말로 대화를 해 전혀 알아들을 수 없지만, 대강 지금 우리가 서 있는 장소를 설명하는 듯했다. 말은 몰라도 이 정도 눈치는 있다.

"온대. 기다려, 우리."

난 알았다고 고개를 끄덕였다. 고개를 돌려 슬쩍 멜라니를 훔쳐보니, 멜라니는 매우 긴장된 얼굴이다. 멜라니가 한국에 온 게 실은 첫사랑을 만나기 위해서였다니. 대단하다, 멜라니!

멜라니의 첫사랑이 어떻게 생겼을지 무척 궁금하다. 키가 크고 코도 높은 독일인일까? 멜라니의 아빠 사진을 보니 아주 미남이었다. 물론 독일인이라고 다 잘생겼을 리는 없다. 그래도 서양인은 동양인에 비해 이목구비가 뚜렷하긴 하다.

멜라니의 첫사랑을 상상하고 있는데, 저 멀리서 우리를 보고 손을 흔드는 사람이 보였다. 혹시 우리 뒤에 다른 사람을 보고 손을 흔드는 게 아닐까 싶어 뒤를 돌아봤다. 하지만 아무도 없다. 설마 멜라니의 첫사랑이 저 사람? 멜라니도 걸어오는 남자를 향해 손을 흔들었다.

에? 뭐야? 남자는 길에서 흔하게 볼 수 있는 30대 한국 아저씨다. 남방에 면바지를 입고 금테 안경을 썼다. 얼굴이 동그랗고 눈도 작고 통통한 평범한 아저씨다. 저 남자가 첫사랑이라니! 게다가 첫사랑이라 하기에는 좀, 아니 많이 나이 들어 보인다.

멜라니를 본 남자는 우리에게 아주 가까이 다가왔다. 그러고는 가볍게 멜라니와 포옹을 하며 독일어로 인사를 주고받았다. 멜라니가 손으로 나를 가리키며 소개하고 있는 듯했다. 나는 남자에게 꾸벅 인사를 했다.

"반가워요. 나는 이영진이라고 해요."

"저는 멜라니, 아니 멜라니 고모의 조카 이주연이에요."

남자는 점심을 사 주겠다며 우리를 학교 식당으로 데리고 갔다. 학교 근처에 식당이 별로 없어 학교 안에서 먹는 게 더 낫다고 했다.

식당 앞에는 '교수 식당'이라고 적혀 있다. 어쩐지 남자는 대학생이라고 하기에는 너무 나이가 많아 보였다.

점심 메뉴는 비빔밥이다. 난 멜라니와 함께 식판에 음식을 받아 와 남자가 미리 맡아 둔 자리에 앉았다.

난 숟가락으로 밥을 쓱쓱 비벼 먹기 시작했다. 멜라니와 남자는 독일어로 대화를 했다. 무슨 말인지 하나도 모르겠다. 독일말은 되게 틱틱거렸다. 매 단어에 'ㅌ' 발음이 들어가는 듯하다.

멜라니는 매우 다소곳하게 앉아 밥을 먹었다. 게다가 새침하게 입을 가리며 웃기까지 했다. 멜라니는 아직도 이 남자를 좋아하고 있나 보다. 뭐 그러니까 여기까지 만나러 왔겠지.

점심을 먹고 난 후 남자가 학교 안에 있는 카페에 가서 차를 사 주겠다고 했다. 하지만 나는 학교 구경을 하겠다며 따라가지 않았다. 멜라니에게 단둘이 남자와 있는 시간을 줘야 할 것 같았다.

난 점심 먹은 걸 소화도 시킬 겸 근처를 걸어 다녔다. 햇볕이 강했지만 많이 덥지는 않았다.

중학교의 왁자지껄한 분위기와 달리 대학은 뭔가 분위기가 느껴졌다. 여기저기 나무가 많이 심어져 있고, 햇볕을 받은 초록색의 나뭇잎이 반짝반짝 빛났다. 음, 좋다. 지나가다가 발견한 음료수 자판기에서 나는 비타민 음료를 하나 뽑은 후 걸어 다니며 홀짝홀짝 마셨다.

멜라니의 첫사랑은 아주 의외다. 남자가 독일말을 잘하는 걸 보면 독일에서 유학할 때 멜라니가 만났을 것 같다. 멜라니는 왜 저런 아저씨를 좋아하는 걸까? 독일에는 잘생기고 멋진 또래 남학생이 많을 텐데. 멜라니도 참 취향이 독특하다.

멜라니가 한국에 온 이유가 첫사랑 때문이라 다행이다. 며칠 전에 할머니가 날 불러 멜라니가 한국에서 잘 지내고 있는 것 같냐고 물었다. 나는 그런 것 같다고 대답했다. 할머니는 멜라니가 자기 엄마와 다투고 한국에 왔다고 알려 주었다. 그 말을 들으니 멜라니가 조금 불쌍하기도 하고, 또 조금은 멜라니에게 질투가 났다. 엄마와 싸워 한국으로 도망 온 건 안된 일이지만, 그렇다고 외국에 떡 하니 보내 줄 수 있는 부모가 있다는 건 부럽다. 나는 엄마와 싸워도 갈 곳이 없다.

어쨌거나 멜라니가 한국에 온 이유는 엄마 때문이 아니라 첫사랑을 만나기 위해서였다. 아마 그것도 모르고 멜라니의 엄마, 즉 나의 이모할머니는 속 꽤나 썩고 계시겠지? 한국이나 독일이나 자식이 부모 말을 안 듣는 건 다 똑같나 보다.

혼자서 한 시간 정도를 돌아다녔을 때 즈음, 핸드폰 벨이 울렸다. 모르는 번호였지만 받아 보니 멜라니였다. 멜라니는 내게 어디 있느냐고 물었다. 운동장 쪽에 있다고 하자 멜라니가 이쪽으로 오겠다고 했다.

잠시 후 멜라니가 운동장으로 왔다. 멜라니의 얼굴이 별로 좋지 않다. 무슨 일이 있었나? 멜라니를 데리고 아까 자판기가 있던 쪽으로 걸어갔다. 그곳에 벤치가 있다.

"고모, 뭐 마실래?"

멜라니가 고개를 끄덕였다. 난 음료수를 하나 뽑아 멜라니에게 건넨 후 그늘이 있는 벤치에 앉았다.

"독일에서 만난 사이야?"

"응. 선생님이 처음 가르쳐 줬어, 한국말."

멜라니는 2년 전에 처음 한인 모임회에 나가 한국말을 배웠다고 했다. 남자는 유학생으로 교포 아이들에게 한국말을 가르치는 봉사를 했다.

"한국말로 하고 싶었어. 선생님 없어도 연습했다고 계속. 그런데 생각 안 났어. 하나도."

멜라니가 울상을 한 채 말했다.

"결혼해, 선생님. 가을에."

"정말?"

"그 전에 만나고 싶었어."

멜라니는 이미 남자가 결혼한다는 걸 알고 있었다. 멜라니는 그를 직접 만나 결혼 축하 선물을 주고 싶었다고 했다.

"고모는 더 잘생긴 남자랑 결혼할 거야. 저 선생님, 못생겼어. 그러니까 노 굿 페이스라고."

어글리라는 말까지는 굳이 하지 않았다. 멜라니를 위한 나의 배려였다.

"그럼 재민은? 재민도 못생겼어."

"여기서 왜 재민이 얘기가 나와?"

"너, 재민 좋아. 맞지?"

멜라니가 나를 흘겨보며 물었다. 하여튼 멜라니, 눈치는 엄청 빠르다.

"선생님은 중요하지 않다 했어. 내가 독일인이든, 한국인이든. 선생님은, 처음 내게 그 말 해 줬어. 한국말 배운 건 궁금했어, 나는. 독일 아이들 사이에서 나는 완전한 독일인 아니야. 그러나 한국 사람 또 아니야. 힘들었어, 많이."

난 조용히 멜라니의 이야기를 듣기만 했다.

"주연, 나 엄마 미워. 나 엄마 싫어. 나는 선택 안 했어. 우리 엄마는 독일 가는 거 선택했어. 독일 사람 아빠와 결혼했어. 그건 엄마 선택한 거야. 하지만 나는 아냐. 나는 선택 안 했어."

멜라니가 고개를 푹 숙였다. 멜라니의 어깨가 떨리는 게 보였다. 멜라니는 독일에서는 동양인 취급을 받고, 한국에서는 서양인 취급을 받아야 하는 자신이 싫다고 했다. 거기에서나 여기에서나 멜라니는 이방인이다.

"고모, 괜찮아? 아유 오케이?"

"나는, 나는."

멜라니가 무슨 말을 더 하려다가 말문이 막히는지 그만두었

KOREAN

다. 멜라니의 얼굴이 일그러졌고, 결국 멜라니가 울음을 터트렸다. 나는 멜라니를 꼭 안아 주었다. 멜라니가 말을 하지 않아도 무슨 말을 하고 싶어 하는 지 알 수 있었다. 때론 말이 필요 없을 때가 있다.

나는 한번도 고민해 보지 못한 문제다. 난 한국에서 한국인 엄마와 아빠 사이에 태어나 한국말을 하며 자랐다. 그래서 내가 '한국인'이라는 사실이 너무 뻔해 잊고 지낼 때가 많다. 하지만 멜라니는 아니었을 거다.

"멜라니, 너는 그냥 너야. 반은 독일인이고 반은 한국인인 게 바로 고모 너라고."

나는 어떤 말이든 멜라니에게 해 주고 싶어 이 말 저 말을 했다.

멜라니는 내 품에 안겨 한참을 울었다. 멜라니는 울다 지쳤는지 내가 사 준 음료수의 뚜껑을 따 벌컥벌컥 다 마셨다.

"고모, 우리 불국사 갔다 가자. 이왕 여기까지 온 거 보고 가야지."

핸드폰으로 검색하니 경주대에서 불국사까지 1시간 20분 정도가 걸리고, 불국사 관람 시간은 6시까지다. 아직 오후 2시다. 우리에겐 충분한 시간이 있다. 나는 멜라니의 팔을 잡아당겼다.

멜라니가 독일로 돌아가는 날이 일주일 정도 남았을 때, 나의 이모할머니, 그러니까 멜라니의 엄마가 멜라니를 데리러 한국에 왔다. 할머니는 십여 년 만에 만난 여동생을 보고 아주 많이 좋아하셨다. 이모할머니는 그동안 한국이 많이 변했다며 신기해 하셨다. 이모할머니는 할머니라 부르기에는 젊어 보였다. 한국 나이로 올해 60살이 되셨다고 했지만 50살도 채 되어 보이지 않았다.

이모할머니는 한국에서 태어나 20년 이상을 살았지만 한국말을 잘하지 못했다. 할머니와 대화할 때 단어가 잘 생각나지 않아 자주 멈춰 생각을 한 후 말했다. 집에서도 한국말로 대화를 하지 않았다니, 한국말을 많이 잊어버렸을 거다.

멜라니는 2주 만에 엄마를 만난 게 반가웠는지 어리광을 부렸다.

일주일 동안 나는 할머니, 이모할머니, 멜라니와 함께 속리산도 가고 충주호에 유람선도 타러 다녀왔다. 이모할머니는 두 곳은 어렸을 때와 많이 달라지지 않았다며 반가워했고, 멜라니는 처음 간 곳이라 좋아했다. 나는 이미 학교에서 소풍으로 왔고 가족끼리도 와 봤던 곳이지만, 새로운 사람들과 오니 또 다른 느낌이었다.

멜라니가 떠나던 날에는 조금, 아니 사실은 많이 서운했다. 3주 동안 함께했던 멜라니와 헤어진다는 생각을 하니, 마음 한 구석에 구멍이 생긴 것 같았다. 나를 귀찮게 하고 이것저것 부려 먹었던 멜라니지만 멜라니와 함께한 여름 방학은 꽤 재미있었다. 멜라니는 3주 동안 한국말이 꽤 늘었다. 그건 모두 다 내 덕분이다. 아무래도 내게 선생님의 자질이 있는 것 같다. 난 하루하루 늘어 가는 멜라니의 한국어 실력을 보며 무척 뿌듯했고, 더 잘 가르치고 싶다는 욕심까지 났다.

"고모, 난 고모가 많이 그리울 거야."

헤어지기 직전, 나는 멜라니를 꼭 껴안으며 말했다. 멜라니는 그게 무슨 뜻이냐고 물었지만 난 알려 주지 못했다.

"공부 좀 해. 이제 개학 얼마 안 남았잖아. 방학 동안 팽팽이 놀았으면 이제 공부하는 시늉이라도 해!"

점심을 먹는데 엄마가 잔소리를 늘어놓았다. 멜라니가 있는 동안은 공부하라는 소리를 안 들어서 좋았는데…….

"잔소리 좀 그만해. 내 일은 내가 알아서 할 거라고."

엄마에게 소리치고 방으로 들어왔다. 엄마가 먼저 하라고만 안 했어도 알아서 했을 텐데. 공부하라는 소리를 들으니 왠지 하기 싫어진다.

인터넷을 하고 있는데 화면에 메일이 도착했다는 표시가 떴다.

멜라니에게 온 거다. 난 얼른 클릭 버튼을 눌렀다.

정말이지…… 문장이 엉망이다. 3주 동안 열심히 가르쳤는데 겨우 이 정도라니! 선생으로서 실망이다.

하지만 마지막 문장은 눈에 들어왔다. 문법은 틀렸지만 무슨 말인지 알겠다.

다음 방학이 너가 놀러와, 조카.

내년 여름에는 내가 갈게.

기다려, 고모.

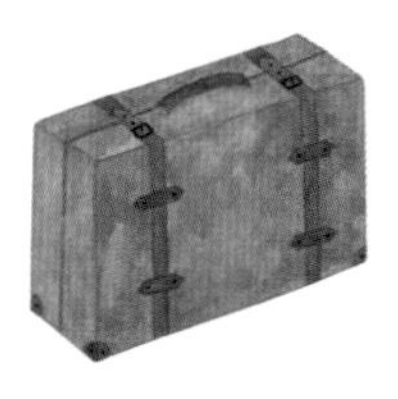

마주 서다

강당을 향해 걷고 있던 슬아가 멈칫했다. 고개를 돌렸지만 그 아이는 사라진 후였다.

"왜? 안 가?"

윤서가 슬아의 팔을 잡아당겼고, 슬아는 다시 걷기 시작했다.

강당에 들어서니 학교별로 테이블이 마련되어 있었다. 중간쯤 테이블에 슬아네 학교 담당 사서인 정혜진 선생님이 서 있었다. 사서 선생님이 아이들에게 테이블로 오라며 손을 흔들었다.

"정 쌤, 여기 완전 좋아요. 방도 엄청 넓고 밥도 맛있어요."

1학년 아이들이 잔뜩 흥분한 목소리로 말했다. 다른 아이들도 그렇다며 다들 신나는 표정이다.

"그것 봐. 내가 기대 이상일 거라고 했지? 내가 너희들 여기 데리고 오려고 신경 많이 쓴 거 잊지 말아야 한다. 이거 뽑히기 정말 힘들다고."

아이들은 엄지를 치켜들고는 선생님에게 최고라는 말을 하며 애교를 부렸다. 아이들이 좋아하는 모습을 본 선생님도 만족스럽다는 듯 고개를 끄덕였다.

지난 4월, 사서 선생님은 여름 독서 캠프에 대해 설명하며 신청서와 함께 제출할 포트폴리오를 만들자고 했다. 캠프에 신청하려면 도서부 활동 내역을 정리한 포트폴리오 제출이 필수다. 3학년인 슬아는 벌써 세 번째 만드는 거였다. 슬아는 크게 기대하지 않고 제출했다.

얼마 후, 전국에서 열다섯 학교만 선정되는 여름 독서 캠프에 슬아네 학교가 선정되었다. 도서부 아이들은 신이 났고, 선생님은 피자 파티까지 열어 주었다.

선생님은 슬아를 따로 불러 수고 많았다며 책을 한 권 선물해 주었다. 슬아는 도서부 부장이었기 때문에 거의 도맡아 포트폴리오를 만들었다. 마침 중간고사가 겹쳐 빠지는 아이들이 많아 슬아가 고생을 많이 했다. 원래 슬아는 도서부 부장이 아니다. 작년 말에 예비 중3 학생들 중 도서부 부장을 선출했는데, 부장이 된 아이가 3월에 갑자기 전학을 갔다. 그래서 새로 부장을 선출해야 했고 도서부 아이들은 슬아를 추천했다. 그동안 슬아가 도서부 활동을 성실히 했기 때문이다. 슬아는 반장 같은 거 해 본 적 없다며 극구 사양했지만, 부서 아이들이 잘할 수 있다며 떠맡기다시피 해 슬아가 부장이 되었다.

"다들 점심 맛있게 먹었어요?"

강당 앞쪽에서 들리는 마이크 소리에 아이들의 웅성거림이 줄어들었다. 마이크를 들고 있는 사람은 자신을 캠프 총괄 담당자라고 소개했다.

"저는 교육청에서 온 주무관 박선아예요. 앞으로 3박 4일간 여러분이 참가할 프로그램에 대해 설명할게요."

앞쪽에서부터 종이가 뒤로 넘겨졌다. 프로그램 순서와 설명이 간략하게 적혀 있다. 출판사 탐방, 편집자와의 만남, 작가 강연, 독후감 대회, 나만의 책 만들기 등이 눈에 띄었다. 아이들은 가장 기대되는 프로그램에 펜으로 표시를 했다.

오리엔테이션이 시작되었지만 슬아의 신경은 종이가 아닌 다른 곳을 향했다. 슬아는 살짝 고개를 들어 주변을 살폈다.

아까 본 사람이 그 아이가 맞을까? 잘못 본 건 아니었을까? 슬아가 찬찬히 둘러보았지만 그 아이는 없었다. 역시 잘못 본 게 분명하다. 가끔 그 아이와 머리 모양이 비슷하거나 닮은 사람을 마주쳤지만 한 번도 그 아이인 적은 없었다. 긴장이 풀리면서 피식 웃음이 나왔다. 도대체 언제까지 이럴 건지 슬아 자신도 모르겠다.

닮은 아이였을 뿐이라고 안도하고 있는데, 오른쪽 뒤 대각선에서 고개를 숙이고 있던 아이가 머리를 들었다. 순간 그 아이와 슬아의 눈이 마주쳤다. 슬아는 얼른 고개를 돌렸다. 숨이 가빠져온다.

쌍꺼풀 진 커다란 눈, 왼쪽 눈 아래 점, 얇은 입술, 뾰족한 턱. 머리카락이 조금 짧아져 머리 모양이 달라지긴 했지만 그 아이, 유정이 맞다.

여름 독서 캠프의 첫 번째 공식 프로그램은 독후감 쓰기다. 내일모레 저녁 주한아 작가와의 만남이 있다. 주한아 작가는 인기 청소년 문학 작가로 여학생 팬이 많다. 오늘 주한아 작가의 작품 중에 한 편을 골라 독후감을 써서 제출하면, 그중에서 다섯 명을 뽑아 상을 주고 상을 받은 학생들은 주한아 작가 앞에서 발표

한다.

"난 발표는 하기 싫고, 상만 받고 싶어."

"1등이 문상 이십만 원이지?"

"응. 2등은 십만 원, 3등은 오만 원. 난 3등만 돼도 좋을 거 같아."

아이들은 독후감을 쓰면서 살짝살짝 수다를 떨었다. 슬아는 수다에 참가하지 않고 조용히 독후감을 썼다. 하지만 집중이 되지 않았다.

슬아는 주한아 작가를 별로 좋아하지 않는다. 주한아 작가의 책 속 인물은 너무 밝다. 결말도 늘 해피엔딩이다. 아마 작가는 청소년 문학은 반드시 행복하게 끝나야 한다고 생각하는 것 같다. 슬아는 그 점이 마음에 들지 않았다. 그러다 보니 슬아가 쓴 독후감은 좋았던 점보다 아쉬운 점만 가득했다.

두 시간 동안 계속된 독후감 작성 시간이 끝났다. 부장인 슬아가 아이들의 독후감을 걷어 사서 선생님에게 제출했다. 20분간 휴식 시간을 가진 후 독서 지도 전문가의 강연이 진행된다는 안내 방송이 나왔다.

"언니, 화장실 안 갈래요?"

2학년인 후배 새봄이 슬아에게 물었다. 새봄이는 한 학년 아래지만 도서부에서 슬아와 가장 잘 통했다. 좋아하는 책의 취향이 비슷해서인지 새봄이는 슬아를 잘 따랐다. 포트폴리오 작성 때도 새봄이가 많이 도와주었다.

"언니, 독후감 잘 썼어요?"

"아니, 나 주한아 작가 별로 안 좋아하거든."

"저도요. 내용이 너무 가벼워서 싫어요."

새봄이는 독후감 대회에서 뽑히는 걸 기대하지 않는다 했다. 새봄이도 책을 읽으며 좋았던 점보다 불만인 걸 줄줄이 적었다고 했다. 슬아는 충분히 이해한다는 듯 고개를 끄덕였다.

"참, 너 방 괜찮아?"

"네. 아까 점심 먹기 전에 같이 방 쓰는 애들 잠깐 봤는데, 다들 괜찮았어요."

새봄이는 다른 학교 아이들과 함께 방을 쓰게 되었다. 네 명씩 한 방을 사용하는데, 슬아네 학교 여학생들은 열세 명이었다. 한 명이 다른 방을 써야 하는 상황이 되었고, 새봄이 자진해서 다른 학교 학생들과 방을 쓴다고 했다.

"다른 학교 친구들도 사귈 수 있고 재밌잖아요."

"같이 방 쓰는 애들은 어느 학교 애들이야?"

"수원 한성여중이래요. 두 명은 3학년이고 한 명은 저랑 같은 학년이에요."

한성여중이라는 말에 슬아는 흡, 하고 잠깐 숨을 멈췄다. 만약 슬아가 청주로 이사를 가지 않았다면, 슬아도 한성여중에 진학했을 거다.

강당으로 돌아오는 길에 슬아는 유정과 마주쳤다. 유정도 슬아를 알아본 것 같았다. 하지만 유정도 슬아도 서로 아는 척을 하지 않았다. 슬아는 유정을 피해 새봄과 함께 자리로 돌아왔다.

"슬아야. 애들한테 7시 30분까지 강당으로 모이라고 해."

사서 선생님이 불렀지만 슬아는 듣지 못했다.

왜 하필 유정이 여기에 온 걸까. 얼마나 기다린 여름 독서 캠프인데.

슬아는 입술을 잘근잘근 깨물며 생각했다. 유정네 학교가 선발되지 않았다면, 아니 슬아네 학교가 선발되지 않았다면 참 좋았을 거다.

"슬아야, 김슬아!"

"네?"

사서 선생님이 몇 번을 부르고 나서야 슬아가 대답을 했다.

"너 어디 아프니? 저녁도 먹는 둥 마는 둥 하고."

"아니에요."

"네가 부장으로서 애들 관리 잘해야 해. 애들이 다들 들떠 있잖아. 혹여 사고라도 나면 큰일이니까 인원 체크 잘하고. 사실 처음에는 슬아 네가 조용하고 얌전해서 부장을 잘할 수 있을까 걱정했는데, 너무 잘해 줘서 선생님이 참 고마워. 이따가 회의도 네가 알아서 주도해. 내가 나서는 것보다 너희끼리 하는 게 더 재밌을 거야."

"네."

슬아는 도서부 아이들에게 단체 메시지를 돌렸다. 저녁에 학교별로 모여 내일 출판사 탐방 계획을 짜기로 했다.

슬아네 학교 도서부 아이들이 모두 모였다. 아이들은 각자 구경 가고 싶은 출판사를 이야기했다. 출판사들마다 만날 수 있는 직원들의 부서가 달랐다. 어떤 출판사는 책을 편집하는 편집부 직원을, 또 다른 출판사는 영업부 직원이나 제작부 직원을 만날 수 있다. 대부분 자신이 읽어 본 책을 출간한 출판사에 구경을 가길 원했다.

슬아는 종이에 아이들이 가고 싶은 출판사를 적으며 정리했다. 그런데 손에 힘이 풀리며 글씨가 똑바로 써지지 않았다. 갑자기 가슴이 콱 막혔고 입에서 끽, 하는 소리가 나왔다. 당황한 슬아가 입을 가렸다. 다행히 아이들이 못 들은 눈치다. 하지만 또다시 끽 소리가 나왔다.

"왜 그래?"

"언니, 어디 아파요?"

아이들은 슬아가 딸꾹질을 하는 줄 알고 괜찮냐고 물었다.

슬아는 얼른 자리에서 일어나 사서 선생님을 찾았다. 슬아는 선생님에게 몸이 좋지 않다고 말했다. 슬아의 얼굴이 하얗게 질려 있었고 이마에 땀방울이 맺혀 있었다.

"체했어?"

"아뇨, 그냥 어지러워서요. 끽. 누워 있으면 괜찮아질 거 같아요. 끽."

슬아가 말을 하는 중간중간 입에서 끽 소리가 나왔다. 슬아는 얼른 이곳을 피하고 싶었다. 선생님은 잠시 생각하더니 슬아에게 먼저 올라가 보라고 했다. 슬아의 안색이 몹시 좋아 보이지 않았고, 슬아가 꾀병을 부릴 아이가 아니라는 걸 알기 때문이다.

슬아가 꾸벅 고개를 숙이고 돌아서는데 또다시 끽 소리가 났다. 슬아는 입을 손으로 가린 채 도망치듯 강당을 빠져나왔다.

방문을 열고 들어온 슬아는 불을 켜지 않은 채 침대에 걸터

앉았다. 창문으로 들어오는 불빛 때문에 아주 어둡지만은 않았다. 방에 아무도 없는 것을 확인한 슬아는 그제야 입에서 손을 뗐다. 슬아는 가방에서 물병을 꺼내 물을 한 모금 마셨다.

설마 재발한 걸까?

슬아는 크게 심호흡을 했다.

아무 생각도 하지 말자. 머리를 비우자. 나는 괜찮다. 아무렇지 않다. 나는 아무 문제없다.

슬아는 주문처럼 그 생각을 되뇌었다.

시간이 지나자 끽 소리가 나지 않았다. 다행히 딸꾹질이었나 보다. 전에도 이런 적이 있다. 시험을 앞두고 스트레스를 받았는데 딸꾹질이 났다. 혹여 틱이 재발한 걸까 봐 걱정되어 병원에 갔는데 아니었다. 금방 멈춘 걸 봐서 이번에도 아닌 듯하다.

슬아는 안도의 숨을 내쉬었다. 다시 1층 강당으로 내려갈까 싶었지만 몸에 기운이 하나도 없다. 슬아는 그대로 침대에 누웠다.

슬아에게 틱이 생긴 건 초등학교 6학년 때다. 갑자기 입에서 끽 소리가 났다. 처음에는 딸꾹질인 줄로만 알았다. 하지만 며칠이 지나도 멈추지 않았다. 위에 문제가 생긴 거라 생각해서 내과에 갔지만 의사 선생님은 딸꾹질이 아니라며 신경 정신과를 추천해 주었다. 그곳에서 슬아는 음성 틱 진단을 받았다. 틱

장애는 뇌에 문제가 있어서 그럴 수도 있지만, 일시적으로 스트레스를 받아 증상이 나타나는 경우가 더 많다고 했다. 엄마는 의사 선생님 앞에서 슬아가 스트레스를 받을 일이 없다고 말했다. 집에 돌아온 슬아는 처음으로 엄마에게 학교에서 있었던 일을 털어놓았다. 그날, 엄마는 슬아를 안고 엉엉 울었다. 그동안 알아차리지 못해 미안하다며 얼마나 힘들었냐고 했다. 엄마도 울고 슬아도 울었다.

엄마는 유정이가 왜 그러는 거냐고 물었다.

몰라, 엄마. 나도 모르겠어. 그래서 더 미치겠어.

유정과는 초등학교 5학년에 이어 6학년 때도 같은 반이 되었다. 가장 친한 친구가 누구냐고 물어보면, 생각하지 않고 바로 서로의 이름을 말할 만큼 둘은 가까웠다.

5학년 때는 유정이 반장이었고, 6학년 때는 슬아가 반장이었다. 5학년 때 슬아가 유정을 도왔던 것처럼 유정도 그랬다. 슬아는 반장일을 하면서 힘든 일이 있으면 모조리 유정에게 이야기했다. 학급 일에 열심히 참가하지 않는 아이에 대해 하소연을 하면 유정은 잘 들어주었다. 특히 슬아를 힘들게 하는 아이가 있었다. 이한별이라는 여자애였는데 친언니가 유명한 날라리 얼짱이었다. 이한별은 청소도 잘 하지 않고 학급 신문을 만들거나 문고를 만들 때 매번 뺀질거렸다.

분위기라는 건 아주 무섭다. 눈에 보이지 않고 손에 잡히지도 않지만, 그래서 무엇이라고 딱히 꼬집어 말할 수 없지만 어떤 분위기가 형성되기 시작하면 사람들은 쉽게 그쪽으로 움직인다. 이한별이 학급 일에 동참하지 않자, 아이들이 한두 명씩 빠지기 시작했다. 다들 바쁘다고 했다. 그럴 때마다 슬아는 너무 속이 상했고 유정을 붙들고 한별의 험담을 했다.

어느 날, 이한별이 슬아에게 오더니 왜 자기 욕을 하고 다니느냐며 따졌다. 슬아는 그런 적 없다고 했지만, 이한별은 크게 화를 내며 다 알고 있다고 했다. 그 무렵 이한별의 짝은 유정이었다. 유정은 슬아보다 한별과 더 가깝게 지냈고 반에 이상한 소문이 돌았다. 슬아가 반 아이들을 다 욕하고 다니며 무시한다는 거였다.

야, 너 나한테 돼지 같다고 했다며?

우리 엄마 아빠 이혼한 게 너랑 무슨 상관이야?

나 영어 발음 후졌다고 욕했다며?

내 얼굴이 못생겨서 죽어도 가수 될 수 없을 거라고? 너 두고 봐. 내가 가수 되는지 못되는지!

여자아이들이 몰려와 자신에 대해 그렇게 말한 게 맞느냐고 슬아에게 따져 물었다. 슬아는 아니라며 고개를 저었지만, 아이들은 슬아의 말을 믿지 않았다. 얼핏 유정과 둘이 대화하며 비슷한 이야기를 했던 게 기억났다.

슬아는 반에서 투명 인간이 되어 버렸다. 이번에도 분위기가 그렇게 만들어졌다. 누구도 슬아에게 말을 걸지 않았고 아는 척을 하지 않았다. 유정마저 그랬다. 슬아는 유정과 단둘이 이야기를 하고 싶었지만 그럴 기회가 없었다. 유정의 옆에는 늘 다른 아이들이 있었다. 유정은 슬아를 피했다.

슬아와 함께 피아노 학원을 다니는 예진은 아이들에게 슬아의 말을 전한 게 유정이라고 슬쩍 알려 주었다. 유정의 말을 듣고 반 여자아이들이 모두 슬아에게 화가 났다고 했다. 분위기를 주도하는 건 사실 이한별이 아니라 유정이라고 했다. 도대체 유정이 왜 그랬을까? 슬아는 머릿속이 너무 혼란스러웠다.

슬아는 유정에게 이메일도 보내고 메시지도 보냈다. 하지만 답이 없었다.

슬아는 자신이 유정에게 무얼 잘못했는지 곱씹었다. 유정 대신 슬아가 반장이 되어서였을까? 아니면 둘이 함께 나간 백일장 대회에서 슬아만 상을 받아서? 유정이 좋아하는 민수가 슬아를 좋아한다고 해서? 그것도 아니면 혹시 슬아의 말실수 때문에? 슬아는 유정네 부모님이 이혼한 걸 몰랐고 드라마 내용을 이야기 하다가 "난 이혼한 부모를 둔 자녀가 제일 불쌍한 거 같아."라는 말을 했다. 그건 5학년 때 일이다. 6학년이 되어 슬아는 유정네 엄마, 아빠가 이혼하셨다는 걸 알게 되었고 뒤늦게 사과하려고 했지만 1년 전 이야기를 꺼내는 게 더 이상할 것 같아 그만두었다.

이한별은 유정을 반장으로 대했고 다른 아이들도 그랬다. 아무도 슬아를 신경 쓰지 않았다. 슬아는 거울을 보며 혹여 자신이 아이들의 눈에 보이지 않아 그런지 확인을 했다.

밤이 되어도 잠이 오지 않았다. 슬아는 다음 날 학교에 갈 생각을 하면 가슴이 콱 막혔다. 새벽 세 시가 넘어서야 간신히 잠이 들었고, 엄마는 아침이면 어김없이 슬아를 깨웠다. 슬아는 잠을 자지 못해 몽롱한 상태에서 학교에 갔고, 교실에 있으면 숨이 제대로 쉬어지지 않았다. 제일 싫은 건 급식소에서 혼자 밥을 먹을 때다. 아이들은 선생님의 눈치를 보아 슬아 옆에는 앉았다. 하지만 누구도 슬아에게 말을 걸지 않았다. 하루 종일 말을 하지 않아 목구멍이 막힌 것 같았고, 밥을 먹을 때도 닫힌 목구멍은 열리지 않았다. 슬아는 밥을 씹어 꾹꾹 밀어 넣어 간신히 삼켰다.

억지로 먹은 밥 때문이었을까. 하루 종일 말 한마디도 못하고 지냈기 때문일까. 갑자기 슬아의 입에서 끽, 하는 소리가 나왔다. 아무리 참으려고 해도 도저히 제어가 되지 않았다. 숨을 꾹 참아도 끽 소리가 났다. 손으로 입을 틀어막아도 끽 소리가 났다.

슬아가 이상한 소리를 내면, 아이들이 슬아를 쳐다보았다. 그제야 아이들은 슬아의 존재를 알아차렸다. 그런 식으로 투명 인간이 아니라고 호소하고 싶은 마음은 없었는데. 슬아는 반 아이들이 모두 자신을 비웃는다고 생각했다. 남자아이들마저 "쟤, 왜 저래? 입이 병신인가 봐!"라며 대놓고 슬아를 놀렸다. 병신보다는 투명 인간이 차라리 나았다.

슬아가 따돌림을 당한다는 사실을 알게 된 엄마가 학교에 찾아왔다. 선생님이 나선다면 나아질 거라 기대했다. 하지만 그건 엄마와 슬아의 착각이었을 뿐이다. 선생님은 여자아이들을 모아 놓고 친구를 따돌리는 일은 나쁘다며 그러지 말라고 했다.

그럼 저를 욕하고 다닌 애랑 친하게 지내라는 거예요? 따돌리는 것보다 욕하는 게 더 나쁜 거 아니에요?

여자아이들은 슬아가 자신들의 욕을 하고 다녔다는 이야기뿐만 아니라 그간 슬아의 잘못을 줄줄이 늘어놓기 시작했다. 슬아가 반장이라는 이유로 아이들에게 명령하고 친구들을 함부로 대하고 제멋대로 굴었다는 거였다. 아이들은 기다렸다는 듯 슬아에 대한 불만을 봇물처럼 터트렸다. 슬아는 자신감이 넘치는 게 아니라 잘난 척을 하고, 리더십이 있는 게 아니라 독단적이고, 활발한 게 아니라 나대는 아이로 바뀌어 있었다.

슬아는 선생님이 아이들에게 그만하라며 화를 낼 줄 알았다. 하지만 선생님은 아이들의 말을 다 듣고 난 후 슬아에게 왜 그랬냐며 친구들에게 사과를 하라고 했다. 슬아는 선생님이 시키는 대로 했다. 미안하다는 말을 할 때도 끽 소리가 나왔다.

선생님은 그렇게 화해를 했다고 믿었지만, 그날 이후 아이들은 슬아를 더 미워했다. 지나가다가 슬아와 몸이 부딪치기라도 하면 "야, 조심해. 걔네 엄마 학교에 또 쫓아와."라고 말했다.

상황이 나아질 기미는 보이지 않았고, 결국 슬아의 아빠는 청주로 전근 신청을 했다. 6학년 2학기가 시작되는 동시에 슬아는 청주로 이사를 왔다. 전학 수속을 밟기 위해 학교에 간 날, 담임 선생님은 반 아이들에게 인사를 해야 하지 않느냐고 했지만 슬아는 그러고 싶지 않았다. 반 아이들의 얼굴을 보고 싶지 않았다. 다만 유정에게는 묻고 싶은 게 있었다.

너, 나한테 왜 그래? 내가 뭘 잘못했는데? 우리 친구잖아. 그런데 왜 그래?

수십 번, 수백 번 묻고 싶었지만 결국 묻지 못한 채 전학을 갔다. 이 물음은 전학을 간 이후에도 내내 슬아를 따라다녔다. 새로운 친구를 사귈 때마다 조심스러웠다. 새 친구가 유정처럼 변할 수도 있으니까.

전학을 오자 슬아의 틱 증상이 거의 사라졌다. 하지만 전학 온 학교에서의 생활도 편하지만은 않았다. 전학생의 삶은 영화를 중간부터 보는 것과 같기 때문이다. 처음부터 보지 못한 영화는 무슨 내용인지 알 수 없다. 이해도 하지 못한 채 영화가 끝날 때까지 영화관에 앉아 있어야 한다. 슬아는 영문도 모른 채 남들이 웃으면 웃었고 화를 내면 같이 화를 냈다. 그렇게 슬아의 남은 6학년이 지나갔다.

캠프 둘째 날 오전은 자유 시간이다. 아이들은 자유롭게 파주 출판 도시를 돌아다니며 출판사를 구경할 수 있다. 많은 출판사들이 1층을 서점 및 북카페로 꾸며 놓았다. 그곳에서 마음에 드는 책을 살 수 있다. 슬아는 윤서, 새봄과 셋이 짝을 이뤄 돌아다녔다.

첫 번째로 들른 출판사의 서점에서 셋은 책을 한 권씩 샀다. 두 번째로 간 출판사의 북카페는 아기자기하게 꾸며 놔 아이들의 마음을 사로잡았다. 서점과 북카페가 한 공간에 있다. 윤서가 이곳에서 음료수를 한잔씩 마시고 가자고 했다. 윤서와 새봄은 아이스 초코를, 슬아는 카모마일 티를 주문했다. 슬아도 아이스 초코를 마실까 했지만 아침부터 속이 좋지 않았다. 그래서 아침도 몇 숟가락 먹지 않았다. 날이 덥긴 하지만 아무래도 뜨거운 차를 마시는 게 좋을 듯했다.

셋이 테이블에 앉아 음료를 마시며 수다를 떨고 있는데, 북카페 문이 열리며 누군가 들어왔다. 유정이다. 유정은 카페 쪽을 보지 못한 듯했다. 슬아는 유정과 눈을 마주치지 않기 위해 일부러 시선을 돌렸다. 하지만 유정과 같은 공간에 있다고 생각하니 가슴이 답답했다.

윤서는 북카페를 죽 둘러보며 우리 학교 도서실도 이렇게 꾸며 놓으면 좋겠다고 했다.

"그런데 쟤는 왜 혼자 다니지?"

윤서가 유정 쪽을 가리키며 말했다.

유정은 홀로 구석에 서서 책을 보고 있다. 보통 서너 명씩 짝을 이루어 돌아다니는데 조금 이상하긴 했다. 유정은 보고 있던 책을 덮고 북카페에서 나갔다.

"아, 저 언니 왕따래요."

유정이 나가자마자 새봄이 말했다.

"저랑 같은 방 쓰는 언니들이 그러는데, 엄청 잘난 척한다고 하더라고요. 저 학교는 도서부가 많아서 절반만 왔는데, 눈치도 없이 빠지지도 않고 왔다며 엄청 욕하더라고요."

"그러게, 보통 그러면 이런 데 안 오지 않나? 같이 방 쓰는 것도 불편할 텐데."

"그러니까요."

슬아는 새봄과 윤서가 이야기하는 것을 듣고만 있었다. 그러고 보니 마주칠 때마다 유정은 혼자였다.

갑자기 슬아는 배가 고파졌다. 아까 계산을 할 때 카운터에서 샌드위치를 팔고 있는 게 보였다.

"우리 샌드위치 먹을래? 내가 살게."

"너 속 안 좋다며? 이제 괜찮아?"

"응."

슬아는 샌드위치를 주문하기 위해 카운터로 갔다.

둘째 날 오후 프로그램은 정신없이 진행되었다. 출판사 직원들과 직접 만나 대화하는 시간은 기대 이상으로 재미있었다. 대부분 아이들은 작가가 책을 쓰면 바로 책이 나오는 줄로만 알았다. 하지만 책 한 권을 만들어 내기 위해 거치는 작업 과정이 만만치 않았다. 담당 편집자가 작가와 함께 여러 차례 원고를 다듬는 과정을 거치고 나면, 책을 제작하고 홍보·판매하는 일이 남아 있다. 슬아네 학교 아이들은 편집 과정이 궁금해 출판사 편집부 직원들과의 만남을 신청했다. 편집부 직원 책상에는 교정지가 놓여 있었다. 곧 책으로 나온다는 교정지는 A4 용지였지만 절반으로 나누어진 게 책의 형태와 똑같았다.

출판사 편집자를 만난 새봄은 나중에 편집자가 되고 싶다고 했다. 새봄은 편집자가 단순히 오탈자만 고치는 줄로만 알았는데, 총괄 감독의 역할을 한다는 사실에 흥미를 느꼈다. 슬아도 출판사 편집자라는 직업이 매력적으로 다가왔다.

아이들은 저녁 식사를 한 후 강당에 모였다. 나만의 책 만들기 시간이다. 10페이지의 보드지에 자신이 직접 쓴 시나 단편

소설 혹은 그림을 붙여 책으로 만드는 거다. 슬아는 3년 동안 도서부 활동을 하면서 썼던 독후감과 행사 일지를 미리 가져왔다. 도서부의 추억을 책으로 만들 생각이다.

일찌감치 완성을 한 슬아는 1학년 후배들을 도왔다. 확실히 1학년은 서투른 면이 많았다.

슬아는 힐끔힐끔 유정 쪽을 바라보았다. 자꾸만 유정 쪽으로 시선이 간다. 유정은 계속 혼자고 어깨가 축 늘어져 있었다. 3년 전의 유정과 확실히 다르다. 그때 유정은 늘 고개를 꼿꼿이 들고 다녔다.

슬아가 하루 동안 유정을 관찰한 결과, 유정은 자기 학교 아이들로부터 따돌림을 당하는 게 맞았다. 슬아가 보기에 유정네 학교 담당 선생님은 그걸 아는지 모르는지 그냥 놔두는 것 같다. 물론 선생님이 안다고 해서 크게 달라질 건 없다. 선생님은 어떤 도움도 주지 못한다. 어쩌면 선생님들은 일부러 한쪽 눈을 감고 있는지도 모른다.

그나저나 따돌림을 당하는 주제에 여기엔 왜 온 거지? 유정네 학교 아이들 말대로 정말 유정은 눈치가 지나치게 없는 걸까?

슬아라면 절대 오지 않았을 거다. 이런 곳에까지 와서 따돌림을 당하면 더 속이 상할 테니까.

책 만들기가 끝나갈 무렵, 총괄 선생님이 나와 어제 쓴 독후감의 수상자가 정해졌다고 했다.

"다섯 명이 선정되었어요. 1등 한 명, 2등 한 명, 3등 세 명. 작가 선생님이 직접 읽고 뽑은 거예요. 그럼 3등부터 호명할게요."

아이들은 설마 나는 아닐 거야, 라고 생각하면서도 내심 자신이 되길 바라는 눈치였다. 하지만 슬아는 기대하지 않았다. 어제 쓴 독후감은 슬아가 생각하기에도 별로다. 비판적인 내용이 많아 작가가 보면 좋아하지 않을 거다.

"3등은 부산 중앙중학교 이호진 학생, 청주 서율중학교 김슬아 학생."

슬아는 제 이름이 불렸지만 정말 자신이 맞나 싶었다. 도서부 아이들이 축하한다는 말을 했지만 슬아는 얼떨떨했다.

"1등은 수원 한성여중 이유정 학생. 지금 호명된 학생들은 나와서 독후감을 받아요. 내일 작가 선생님의 강연회가 끝나고 발표할 거예요."

슬아는 독후감을 받으러 앞으로 나갔다. 슬아 옆으로 유정도 걸어 나오고 있었고, 슬아는 고개를 돌려 힐끔 유정을 바라보았다. 유정의 오른쪽 볼이 씰룩였다. 유정이 억지로 웃음을 참을 때 지어지는 표정이란 걸 슬아는 기억하고 있다. 슬아와 대부분의 아이들은 상품을 탐내겠지만 유정은 다른 데 관심이 있을 거다. 주한아 작가 앞에서 직접 독후감을 낭독하는 일.

슬아에게 주한아 작가의 책을 소개해 준 건 유정이다. 초등학교 5학년 때, 유정은 책 한 권을 가져와 슬아에게 빌려주었다. 유정이 가져온 책은 꽤 두꺼웠다. 그 전까지 슬아는 그림이 들어간 동화책만 읽었지 소설은 읽어 본 적이 없다. 유정은 이제 우리도 동화가 아닌 청소년 소설을 읽을 때라며, 며칠 전에 읽었는데 너무 좋았다고 슬아에게도 꼭 읽어 보라고 했다. 두 명의 여중생 단짝 친구가 학교 도서실에 얽힌 비밀을 풀어 나가는 내용인데, 분량이 많았지만 쉽게 잘 읽혔다. 책을 읽으며 슬아는 주인공에게 감정 이입을 했다. 마치 두 명의 단짝 친구가 자신과 유정 같았다. 유정도 책을 읽으며 그 생각을 했다고 말했다. 슬아는 주한아 작가의 다른 책도 도서관에서 빌려 읽었다. 어느 날 유정은 주한아 작가에게 메일을 보냈는데 답장을 받았다며 신이 나서 슬아에게 자랑도 했다. 유정은 주한아 같은 작가가 되는 게 꿈이라고 슬아에게 늘상 말했다. 슬아는 이제야 유정이 왜 여기에 왔는지 이해가 되었다.

주한아 작가의 강연이 끝나고 10분간의 쉬는 시간이 주어졌다. 슬아는 주머니에서 핸드폰을 꺼냈다. 세진에게 부재 중 전화가 와 있다. 슬아는 세진에게 전화를 하기 위해 강당 밖으로 나가 로비에 있는 소파 쪽으로 걸어갔다. 소파에는 이미 다른 아이들이 앉아 있었다. 슬아는 대신 소파 옆에 있는 벽 쪽에 기대어 섰다.

세진이 전화를 받았다.

"무슨 일 있어?"

"아니, 너가 대화방 확인 안 하길래. 아직 독서 캠프 중이야?"

"응."

"그거 내일까지라고 했지?"

"어, 내일이 마지막 날이야. 넌 다이어트 잘하고 있어?"

"아, 몰라. 할머니들 때문에 짜증 나 죽겠어. 오늘도 바지 짧다고 어찌나 잔소리를 하는지. 참, 너 금욜날 저녁에 시간 돼? 학원 끝나고 영화 보러 가자. 그것 때문에 전화한 거야. 대화방 확인해 봐."

슬아는 전화를 끊고 대화방 앱으로 들어갔다. 유자유자 아이들 대화방에서 100개도 넘는 메시지가 오고 갔다. 무슨 영화를 볼까 이야기를 했고 최종적으로 두 개로 추려졌다. 슬아는 두 영화 다 좋다고 메시지를 보냈다.

"완전 재수탱이라니까. 걔 신나서 좋아 죽는 표정 봤냐?"

"작가한테 칭찬 좀 받았다고 지가 엄청 대단한 줄 아는 것 같더라."

"도대체 혼자서 질문을 몇 개나 하는 거야. 아, 지루해 죽을 뻔했네."

"눈치 정말 없다니까."

"그러니까 여기까지 왔지."

슬아가 메시지를 읽고 있는데, 소파에 앉은 아이들의 이야기가 귀에 들렸다. 유정네 학교 아이들이다. 작가 강연이 끝나고 질문하는 시간이 있었는데, 유정은 혼자 질문을 네 개나 했다. 주한아 작가는 작품을 꼼꼼하게 읽은 것 같다며 유정을 칭찬했다.

"짜잔, 이거 봐라."

노란색 티셔츠를 입은 아이가 주머니에서 종이를 꺼냈다.

"그게 뭐야?"

아이들은 종이를 돌려 보며 킥킥 웃었다. 슬아는 핸드폰을 만지작거리는 척하면서 아이들의 행동을 지켜보았다.

"우리가 걔 발표까지 하는 꼴을 어찌 보냐."

"대박! 그거 어떻게 가져왔어?"

"걔 화장실에 간 사이에 파일에서 슬쩍 뺐지."

노란 티셔츠는 한쪽 입꼬리만 올린 채 웃음을 지어 보이더니 양손으로 종이를 구겨 소파 옆에 있는 쓰레기통에 버렸다. 이내 셋은 소파에서 일어나더니 깔깔대며 화장실 쪽으로 갔다.

슬아는 슬그머니 쓰레기통 옆으로 다가가 버려진 종이를 꺼내 펼쳤다. 유정의 독후감이다.

"2부 시작하니까 얼른 들어오세요."

진행 요원이 로비로 나와 소리쳤다. 슬아는 종이를 든 채 강당 안으로 들어왔다.

자리에 앉은 슬아는 혹여 누가 볼까 봐 얼른 유정의 독후감을 자신의 파일 맨 뒤에 끼웠다.

사회를 맡은 선생님이 나와 2부 순서를 설명했다. 독후감 발표가 끝나고 작가 사인회가 진행될 거라고 했다. 슬아는 유정 쪽을 바라보았다. 아직까지 유정은 아무것도 모르고 있는 듯했다. 유정의 책상 앞에 파일이 있는데 열어 보지 않고 있다. 유정은 긴장되는지 피아노 치듯 손가락으로 파일을 퉁겼다.

"독후감 대회에서 수상한 학생들 다섯 명, 앞으로 나와요."

슬아는 독후감이 끼어진 파일을 들고 앞으로 나갔다. 맨 앞줄에 수상자들이 차례대로 앉았다.

"먼저 1등을 한 이유정 학생부터 할 거예요."

유정이 파일을 들고 앞으로 걸어 나갔다.

교탁 앞에 선 유정이 파일을 펼쳤다. 유정은 파일을 뒤적거렸고 사회 선생님이 얼른 시작하라고 했다. 유정의 얼굴이 일그러졌다. 슬아는 고개를 돌려 유정네 학교 아이들을 바라봤다. 노란색 티셔츠와 옆에 있는 아이들이 쿡쿡 웃음을 참는 게 보였다. 슬아는 두 손으로 파일을 움켜쥐었다. 원래 있던 쓰레기통에 두고 왔어야 하는데, 2부가 시작된다는 이야기에 급하게 들고 와 버렸다. 마치 슬아 자신이 유정의 독후감을 훔친 사람이 된 듯했다.

"학생, 발표 안 하고 뭐 해요?"

강당에 모인 아이들이 웅성거렸다. 자리에 앉아 있던 주한아 작가도 무슨 일인가 싶어 유정을 뚫어지게 바라보았다. 유정은 "아, 그게. 저기."라는 말만 할 뿐 제대로 대답하지 못했다. 유정은 누군가 독후감을 빼냈다는 것을 눈치챘는지 자기 학교 아이들이 앉아 있는 쪽을 노려보았다.

슬아는 아까 노란색 티셔츠의 웃는 모습이 떠올랐다. 그 아이와 자신이 다를 게 없다는 생각이 들었다.

슬아는 자리에서 일어나 교탁 쪽으로 걸어갔다. 손에 들고 있

는 독후감을 유정에게 건넸다. 유정이 놀라 슬아를 바라봤고, 슬아는 "쓰레기통에서 주웠어."라는 말을 하고 자리로 돌아왔다.

곧바로 유정이 낭독을 시작했다. 처음에는 유정의 목소리가 많이 떨렸지만 점차 나아졌다.

유정의 발표가 끝나고 차례대로 나머지 아이들도 낭독했다. 슬아는 제일 마지막이었다. 낭독을 마친 후 예정대로 작가의 사인회가 이어졌고, 아무 일 없이 2부 순서가 끝이 났다.

캠프 마지막 날은 점심 식사 후 수료식이 끝이다. 아이들은 가방을 챙겨 들고 강당으로 모였다. 수료식을 마친 후 바로 버스를 타고 가기 때문이다.

각 학교 도서부 부장이 대표로 나가 캠프 수료장을 받았다. 마지막으로 총괄 담당 선생님이 앞으로 나와 지난 3박 4일 캠프에 대한 소회를 말했다.

수료식이 끝난 후 슬아가 도서부 아이들과 함께 강당을 빠져나오는데, 문 앞에 유정이 서 있었다. 슬아가 모른 척하고 지나가려고 하자, 유정이 슬아를 불렀다. 슬아는 아이들에게 먼저 버스에 타 있으라고 말한 후, 유정과 함께 사람들이 지나가는 곳을 피해 문 옆으로 자리를 옮겼다. 유정이 슬아에게 한 발짝 앞으로 다가왔다.

"어제 일은 고마워. 역시 친구가 좋긴 해. 우리 앞으로 종종 연락하고 지내자. 핸폰 번호 뭐야?"

유정이 주머니에서 핸드폰을 꺼냈다. 슬아는 대답 대신 인상을 찡그린 후 유정을 바라보았다.

"너 뭔가 착각하고 있나 본데, 내가 널 도운 건 너희 학교 애들이 싫어서야. 걔네들이 네 독후감 구길 때 꼭 옛날 네 얼굴을 하고 있더라. 그냥 인간으로서 모른 척할 수 없었을 뿐이야. 너, 내 친구 아니야. 한때 친구였을지 몰라도, 네가 나 왕따 시킨 순간부터 우린 친구 아니었어."

슬아는 그동안 하고 싶었던 질문 대신 이 말을 했다. 그리고 먼저 돌아섰다. 처음부터 유정에게 물어볼 필요가 없었는지도 모른다.

저 앞에서 도서부 아이들이 얼른 오라며 손을 흔드는 게 보였다. 슬아는 고개를 들고 아이들을 향해 뛰어갔다.

여름날의 발차기

“그거 우리 할머니가 했던 건데.”

내가 아쿠아로빅을 배우러 다니겠다고 하자 주연이가 한 말이다. 아쿠아로빅은 물속에서 하는 에어로빅으로 칼로리 소모량이 많아 다이어트에 효과가 있고 관절이 아픈 사람에게 좋다, 라고 인터넷에 설명이 나와 있다. 나는 다이어트에만 눈길이 갔지 관절이 아픈 사람이란 문구는 신경 쓰지 않았다. 하지만 탈의실에 와 보니 갑자기 주연이가 한 말과 아쿠아로빅을 설명하던 말이 동시에 떠올랐다. 여긴 온통 할머니들뿐이다. 난 수영을 다닐까 했지만 수영을 하면 어깨가 넓어진다고 해서 포기했다. 그렇지 않아도 넓은 어깨가 더 넓어지면 곤란하다.

축 늘어진 뱃살과 탄력 없이 쭈글쭈글한 피부, 그리고 천편일률적인 모양의 뽀글머리 파마까지. 눈 씻고 찾아봐도 내 또래는커녕 아줌마들도 없다.

내가 카운터에서 회원증을 맡기고 받은 로커 키 번호는 89번이다. 89번은 어딨지?

샤워실 입구 쪽에 80번대가 있다. 89번을 찾아 문을 열고 그 안에 가방을 넣은 후 수영복과 수영모를 꺼냈다. 수영복이 마음에 들지 않는다. 초등학교 때 입었던 수영복이 맞지 않아 엄마에게 새로 사 달라고 했지만, 엄마는 단칼에 안 된다고 했다. 그러고는 다락에서 자신이 예전에 입었던 검은색 민무늬 수영복을 꺼내 주었다. 아쿠아로빅 수강료에 수영복까지 사 달라는 건 내가 생각해도 양심이 없다. 요즘 프랜차이즈 세탁소가 생기면서 아빠 세탁소가 어려워졌다. 사람들이 가격이 저렴한 프랜차이즈 세탁소로 많이 옮겼다. 프랜차이즈 세탁소는 직접 세탁을 하지 않고 공장으로 보내 대량으로 세탁을 하기 때문에 아무래도 값이 쌀 수밖에 없다.

난 팬티와 브래지어를 벗은 후 얼른 수영복을 입었다. 아무리 탈의실이더라도 다른 사람이 내 벌거벗은 모습을 보는 건 창피하다. 하지만 할머니들은 아무것도 걸치지 않은 채 탈의실 안을 왔다 갔다 했고, 심지어 그 상태로 모여 수다까지 떨었다. 난 친구들이랑 목욕탕도 가지 않는다. 작년 여름에 유자유자 애들과 워터파크에 간 적이 있는데, 친구들도 나와 같은 마음인지 다들 탈의실에서 눈 깜짝할 새에 수영복을 갈아입었다. 아무리 친한 친구여도 벌거벗은 모습을 보여 주는 건 부끄러운 일이다.

수영복을 입고 수영모까지 머리에 썼다. 수영장 안으로 들어가려는데 누군가 나를 불렀다.

"어어, 잠깐."

"네?"

"수영하기 전에 샤워하고 들어가야지. 그냥 들어가면 안 되는 거야."

할머니 한 분이 옆에 적힌 안내 사항을 가리키며 보라고 했다. 거기에는 〈수영장 입실 전 샤워 필수〉라고 적혀 있었다. 그래서 다들 탈의실에서 수영복을 입고 있지 않았나 보다.

"주의 사항을 똑바로 봐야지, 젊은 사람이."

할머니의 말투가 꼭 학교 선생님 같다. 그런데 나이 들면 무조건 자기보다 어린 사람한테 반말해도 되는 건가? 처음 만나는 사람한테 막무가내로 반말을 하는 어른들이 정말 싫다. 난 혼나는 기분으로 수영복을 벗은 후 샤워실로 후다닥 들어갔다.

샤워를 하고 나서 수영장 쪽으로 나왔다. 난 수영장 물속에 들어가기 전에 간단하게 준비 운동을 했다.

스트레칭을 하고 있는데 내 쪽으로 할머니 한 분이 걸어왔다. 형광 핑크 수영복에 꽃이 달린 핑크색 수영모까지, 엄청 튄다. 나도 모르게 스트레칭을 하다 말고 그 할머니를 바라봤다.

곧 수업 시간인 10시 가까이 되자 갑자기 할머니들이 우르르 몰려나와 물속으로 들어갔다. 어? 왜 그러지? 땅에 지진이라도 나 동물들이 물속으로 도망치는 것 같다. 난 영문도 모른 채 따라서 물속으로 들어갔다.

으, 물이 차갑다. 샤워를 하면서 몸에 물을 묻혀 괜찮을 거라 생각했는데, 샤워를 했던 온수와는 다르다. 게다가 물이 생각보다 꽤 깊다. 가슴까지 물이 올라왔다.

어디에 서면 좋을까? 앞과 중간 자리는 이미 다 찼다. 아까 할머니들이 서둘러 물속으로 들어온 건 모두 자리를 맡기 위해서였다. 할머니들은 서로 좋은 자리를 맡기 위해 다퉜다. 자리를 놓고 싸우는 모습이 마치 초등학생들 같다. 나는 멀찌감치 물러나 뒷줄 오른쪽 끝에 섰다.

잠시 후 아쿠아로빅 선생님이 수영장 안으로 들어왔다. 늘씬한 몸매의 20대 후반 정도 되어 보이는 여자다. 어떻게 하면 저리 날씬할 수 있을까? 길쭉하게 뻗은 날씬한 팔다리에 눈을 뗄 수가 없다. 고개를 숙여 내 몸을 훑어봤다. 물속에 있지만 물이 투명하여 다 보였다. 어쩜 똑같은 사람인데 이렇게 다를 수 있을까? 나는 손으로 배를 세게 주물렀다. 제발 좀 사라져라! 이번 여름 방학에는 무슨 일이 있어도 꼭 5kg을 빼고 말 거다.

"어머님들, 주말 잘 보내셨죠? 이틀 동안 수영장 못 와서 몸이 근질거리셨지? 오늘 마음껏 푸세요. 참, 오늘 새 회원이 몇 명 왔어요. 어디 계세요?"

나는 조심스럽게 손을 들었다. 군데군데 손을 든 사람들이 보였다.

"새로 오신 어머님들 앞으로 오세요. 동작 배워야 하니까 앞에 계신 어머님들이 양보 좀 해 주세요."

어머님들이라니, 뭉뚱그려 같은 취급을 받았다. 수영장 안에는 온통 할머니들뿐이다.

나는 앞으로 걸어 나갔다. 물속이라 그런지 바깥에서 걷는 것보다 더 힘이 들었다. 걸을 때마다 다리에 힘이 들어갔다.

새로 온 회원은 다섯 명쯤 되었고, 난 그들과 함께 맨 앞줄에

서게 되었다.

"자, 그럼 어머님들. 자전거 먼저 탑시다."

선생님은 그 말을 하더니 U자 모양으로 생긴 알록달록한 스티로폼을 물속으로 던졌다. 할머니들이 하나씩 잡았고 나도 따라 초록색 스티로폼을 잡았다. 선생님은 맨 앞줄에 있는 새로 온 회원들에게 스티로폼을 가랑이에 끼우는 시범을 보였다. U자 모양 볼록한 부분에 다리를 끼우면, 기다란 부분이 배와 등에 붙었다. 스티로폼을 끼웠더니 몸이 물에 떴다. 오호, 신기하다. 요 가벼운 스티로폼이 내 몸을 받쳐 주다니.

"자, 출발합니다!"

선생님의 우렁찬 구호에 맞춰 신나는 댄스 음악이 나왔다. 선생님은 자전거 타듯 발을 앞으로 구르라고 했다. 시키는 대로 하니까 몸이 앞으로 나갔다. 물속에서 자전거를 타는 기분이다.

수영장 왼쪽 끝에서 오른쪽 끝까지 간 다음, 다시 원래 있던 자리로 돌아왔다. 하지만 한 번 더 왔다 갔다 해야 한다고 했다.

두 바퀴째 돌려니 다리에 힘이 풀렸다. 직선으로 가야 하는데 몸이 오른쪽으로 쏠렸다. 어어, 이러다가 옆에 사람과 부딪칠 텐데? 옆으로 고개를 돌렸다. 다행히 뒤에서 오던 사람이 용케 나를 피해 옆으로 움직였다.

두 바퀴를 다 돌아 원래 자리에 섰다. 난 거의 꼴찌로 돌아왔다. 헉헉대며 숨을 몰아쉬었다. 수영장 길이가 25m니까 총 100m를 달린 셈이다.

"애기 엄마, 애기 엄마도 살 빼려고 왔어?"

옆에 서 있던 할머니가 물었다. '애기 엄마'라는 말을 듣고 당연히 나는 아니겠지 싶었는데, 할머니가 쳐다보고 있는 사람은 바로 나였다. 주위를 둘러보니 다른 사람은 없다. 이대로 오해를 받을 수는 없다. 애기 엄마가 아니라고 대답을 하려고 하는데, 선생님이 기본 운동이 끝났다며 아쿠아로빅 본 동작을 시작하겠다고 했다. 음악이 나오자 옆에 있던 할머니는 내게서 멀리 떨어졌다.

한 시간 동안 진행된 아쿠아로빅이 끝났다. 처음 하는 거라 동작을 따라 하는 것만으로도 우왕좌왕했다. 수영장 바깥으로 걸어 나왔더니 다리가 후들거렸다. 몸은 힘들지만 이게 다 운동 효과의 증거라고 생각하니 왠지 뿌듯했다. 물속에서는 칼로리 소모가 두 배 더 잘된다니까 다이어트에 분명 효과가 있을 거다.

샤워를 끝내고 애벌빨래를 한 수영복을 손으로 비틀어 짰다. 물기가 완전히 없어지진 않았다. 마르지 않은 상태로 가방에 넣으면 내일 입을 때 냄새가 날 거다. 어떻게 하면 좋을지 생각하고 있는데 탈의실로 나가는 입구 쪽에 미니 탈수기가 보였다.

미니 탈수기를 사용하기 위해 사람들이 줄을 서 있다. 나도 줄을 서서 기다렸고, 곧 내 차례가 되었다. 미니 탈수기에 수영복을 집어넣는데 할머니 한 명이 쓱 내 옆으로 다가왔다. 아까 나에게 애기 엄마라고 불렀던 할머니다.

"내 것도 같이 돌려 줘. 내가 급해서 그래."

할머니가 내게 윙크를 한 후, 내 대답을 듣지도 않은 채 수영복을 미니 탈수기에 쏙 하고 집어넣었다.

"자기는 그렇게 새치기를 하면 어떡해?"

내 뒤쪽에 서 있던 할머니가 한소리 했다. 아까 나한테 수영장 들어가기 전에 샤워를 하지 않는다고 뭐라고 했던 선생님 같은 할머니다.

"내가 급해서 그런다니깐. 근데 이제 보니 애기 엄마가 아니라 학생이네. 맞지?"

할머니가 내 몸을 위아래로 훑으며 물었다. 벌거벗은 몸을 가리고 싶었지만 그러는 게 더 이상할 것 같았다. 이제야 할머니가 나를 제대로 봤다.

"몇 학년여?"

"중3이요."

"학생이면 수영을 다니지. 우리 손녀는 수영해서 10킬로나 뺐어."

"아, 네."

"왜 수영 안 다니고 아쿠아로빅을 왔어?"

"그냥 이게 더 좋을 거 같아서요."

"그렇지. 아쿠아로빅이 시간 가는 줄 모르고 재밌기는 혀. 난 이거 다닌 지 벌써 3년째여. 수영장 다니고 무릎이 얼마나 좋아졌는지 몰러."

할머니는 오른쪽 다리를 살짝 들어 앞뒤로 흔드는 걸 보여 주었다. 얼른 탈수가 끝났으면 좋겠다. 할머니는 촉새처럼 쉴 새 없이 말을 했다. 나에게 질문을 하면서 뒤에 있는 선생님 같은 할머니랑도 또 다른 할머니랑도 대화를 했다.

미니 탈수기 작동이 멈췄다. 난 수영복을 꺼내 재빨리 탈의실로 들어갔다.

학원 수업이 끝나고 아빠 세탁소로 왔다. 아빠가 아쿠아로빅 수강료를 내주는 조건으로, 난 방학 동안 매일 하루 한 시간씩 세탁소에서 알바를 하기로 했다.

"세진아, 학원 끝나고 온 거야?"

"응."

아빠는 와이셔츠 다림질을 하는 중이다. 탁자 위를 보니 아빠가 다려야 할 와이셔츠의 양이 꽤 많다. 어림잡아 30장은 되어 보인다.

나는 화장실에서 손을 깨끗이 씻은 다음 돌아왔다. 완성된 세탁물을 만질 땐 깨끗한 손으로 만져야 한다. 아빠는 완성된 세탁물을 갓난아기 다루듯이 해야 한다고 했다.

"아빠, 와이셔츠 비닐에 넣으면 되지?"

"응, 구겨지지 않게 잘 넣어."

다림질이 끝난 와이셔츠를 살짝 들어 냄새를 맡았다. 음, 좋다. 난 이상하게 이 냄새가 좋다. 아빠한테는 항상 이 냄새가 난다. 풀 냄새 같기도 하고 목욕탕에서 나는 수증기 냄새 같기도 하다.

와이셔츠를 비닐에 넣으면서 아빠를 바라보았다. 아빠 이마에서 땀이 난다. 에어컨을 켜 놓더라도 다림질을 할 때면 힘이 들어 꼭 저렇게 땀이 난다. 옆에 있는 수건으로 아빠 이마의 땀을 닦아 주었다.

다림질은 꽤 어렵다. 와이셔츠처럼 직접 다리미를 옷에 대고 다리는 건 오히려 쉽다. 어떤 옷들은 증기로만 펴기 때문에 다리미를 세탁물에서 1cm 떨어뜨려서 다려야 하는데, 다리미가 무거워 꽤 힘이 든다.

아빠는 22년째 세탁소를 운영하고 있다. 엄마와 결혼하기 전에도, 결혼을 하여 나와 세철이를 낳은 후에도 계속 같은 자리에서 세탁소를 하고 있다. 일요일을 제외하고, 아침 7시부터 세탁물 배달로 하루를 시작하여 밤 9시에 문을 닫을 때까지 하루 종일 세탁소에서 일을 한다.

"참, 아쿠아 그건 어땠어?"

아빠는 아쿠아로빅이란 말이 어려운지 자꾸 까먹는다.

"할머니들밖에 없는 거 있지? 완전 깜짝 놀랐다니까."

"그래?"

"응, 할머니들이 어찌나 말이 많은지 짜증 나 죽을 뻔했어. 잔소리 대박이라니까."

"어휴, 아빠도 곧 할아버지 될 텐데 큰일이네. 그럼 세진이 너, 아빠도 싫어할 거야?"

"아빠가 무슨 할아버지야!"

아빠는 올해 쉰세 살로 다른 친구 아빠들에 비해 나이가 조금 많긴 하다. 아빠와 엄마는 열 살 차이가 나는데, 엄마는 툭

하면 노총각인 아빠를 자기가 구제해 줬다고 말한다. 하지만 내가 보기에 아빠가 엄마를 구제한 것 같다. 착한 아빠니까 괴팍한 성격의 엄마랑 같이 살 수 있는 거다.

"세진아, 그래도 할머니들한테 잘 해."

"몰라."

아빠는 할머니, 할아버지 손님한테 유독 약하다. 노인들에게는 엄마 몰래 할인도 해 주고, 독거노인의 세탁물을 가져와 무료로 빨래를 해 주는 봉사 활동도 10년째 하고 있다. 돌아가신 부모님이 생각이 나기 때문이라고 했다. 아빠는 내 나이가 채 되기 전에 부모님이 돌아가셔서 큰 고모, 작은 고모랑 함께 살았다고 했다. 난 친할머니, 친할아버지는 얼굴도 못 뵈었고, 외할머니와 외할아버지는 진주에 살고 계시기 때문에 일 년에 한 번 뵙기도 힘들다. 그래서인지 난 할머니, 할아버지들을 대하는 게 불편하다.

세탁소에서 알바를 끝내고 집으로 돌아오자, 엄마와 세철이가 거실에서 텔레비전을 보고 있었다.

"누나, 어디 갔다 와?"

"아빠 세탁소. 왜?"

갑자기 세철이가 나를 가자미눈으로 노려보았다.

"뭘 그렇게 쳐다봐?"

"누나, 세탁소 넘보지 마라. 내 거다."

세철이가 말을 마치기도 전에 옆에 있던 엄마가 세철이의 뒤통수를 세게 한 대 쳤다.

"이 자식아, 공부나 열심히 해. 무슨 헛소리야?"

세철이 녀석은 맞아도 싸다. 아빠 일 한번 도와준 적 없으면서 세탁소에 침을 엄청 흘린다.

"내가 뭘? 재벌들은 다 자식한테 회사 물려주잖아."

"우리 집이 재벌이냐?"

"어쨌든. 아빠가 세탁소 CEO니까 아들인 내가 당연히 물려받아야지."

나는 아무 말 하지 않았다. 엄마도 그랬다. 엄마는 세철이를 한심하게 쳐다보기만 할 뿐 더는 때리지 않았다. 저런 녀석은 때려 봤자 소용없구나, 라고 생각하는 게 분명하다.

"누나, 근데 머리 계속 기를 거야?"

"그럴 거다, 왜?"

나는 봄부터 머리카락을 기르고 있다. 작년까지는 관리가 귀찮아서 쇼트커트였는데, 아무래도 머리카락이 긴 게 더 예뻐 보이는 것 같다. 4개월 넘게 길렀더니 이제 어깨에 닿을락 말락

한다. 근데 세철이 녀석이 왜 묻는 거지? 역시 머리카락이 긴 게 더 예뻐 보이긴 한가 보다.

"누나, 머리 기니까 꼭……."

"꼭 뭐?"

난 세철이의 다음 말을 기다렸다.

"머리 긴 형 같아."

세철이는 그 말을 하자마자 킥킥대며 웃었다. 아무래도 안 되겠다. 세철이에게 분노의 킥을 날리고 방으로 들어왔다. 녀석이 아프다고 소리쳤지만 자업자득이다.

방으로 들어와 침대에 누웠다. 나도 지율이나 예나처럼 예쁘면 좋겠다. 지율은 작고 귀여운 게 타고났고, 예나는 옷발도 잘 받고 멋스럽다. 주연이와 슬아는 지율, 예나만큼 예쁘지는 않지만 늘씬한 편이다. 유자유자 중에서 내가 제일 뚱뚱하고 별로다. 가끔 친구들이 함께 옷을 사러 가자고 하는데 너무 싫다. 다들 잘 어울리는데 나만 맞는 옷이 없으니까. 그럴 때면 내가 꼭 미운 오리 새끼가 된 기분이다. 어떻게든 이번 방학에 다이어트를 꼭 성공하고 말 거다.

아쿠아로빅이 끝난 후 탈의실에서 옷을 입었다. 일주일 넘게

했더니 허벅지 살이 조금 탄탄해졌다. 줄자로 재었을 때 큰 변화는 없었지만 말랑살이 단단해진 건 지방이 근육으로 변하고 있다는 증거다.

화장대 앞은 할머니들로 꽉 차 있다. 할머니들은 샤워실에서 나와 바로 옷을 입지 않기 때문에 자리를 먼저 차지한다.

난 의자에 앉지 못한 채 의자와 의자 사이에 빈 공간이 있어 거기로 들어갔다.

할머니들은 아까부터 계속 아쿠아로빅 합반에 관한 이야기를 하고 있다. 문화 센터에서 다음 달부터 아쿠아로빅 수강반을 줄인다고 해서다. 아쿠아로빅 수업이 오전에는 10시, 11시 30분 이렇게 두 반이 있는데, 문화 센터 측에서 다음 달부터 두 반의 합반을 추진 중이다. 현재는 한 반의 정원이 40명인데 합반을 하여 60명으로 늘릴 계획이란다. 그렇게 되면 일부 수강생은 수강을 할 수 없게 되고 수업 질도 떨어질 거라며 할머니들은 걱정을 하고 있다. 하지만 나랑은 상관없는 일이다. 나는 여름 방학 중인 이번 달까지만 다닐 거니까.

가방에서 CC크림을 꺼내 얼굴에 발랐다.

"뭐 하는 겨? 학생이 무슨 화장이여?"

촉새 할머니다. 첫날 나에게 애기 엄마라고 불렀던 할머니로,

말이 너무 많아 내가 그렇게 별명을 붙였다.

"하지 마. 안 해도 이뻐."

촉새 할머니가 옆에서 계속 잔소리를 했다.

"그러게. 안 해도 예쁜데 말이야. 나중에 나이 들면 하기 싫어도 해야 된다고. 화장 안 해도 예쁠 때는 안 하고 다니는 게 좋아."

선생님 할머니까지 끼어들었다. 알고 보니 선생님 할머니는 진짜 선생님 출신이었다. 중학교에서 30년 넘게 가정 선생님을 하다가 5년 전인가 퇴직했다고, 내가 묻지도 않았는데 촉새 할머니가 알려 주었다.

난 할머니들의 눈치를 보며 그래도 꿋꿋이 화장을 했다. 아쿠아로빅이 끝난 후 바로 학원에 가야 하기 때문에 여기서 바르고 나가야 한다. 요즘 BB크림이나 CC크림을 바르지 않는 아이들은 거의 없다. 선크림 기능도 포함하고 있어 엄마도 크게 뭐라고 안 한다. 하지만 할머니들은 중학생이 벌써 화장이냐고 옆에서 계속 뭐라고 했다. 할머니들의 잔소리에 비하면, 엄마 잔소리는 잔소리도 아니다. 할머니와 함께 사는 주연이는 할머니 잔소리만큼 지겨운 게 없다고 했는데, 왜 그렇게 말을 했는지 이제야 이해가 간다.

"어머, 그건 뭐야? 얼굴 되게 뽀얗게 되네?"

핑크 할머니가 내 옆으로 다가와 화장대 위에 있는 내 CC크림을 들었다. 핑크 할머니는 수영복뿐만 아니라 모든 물건이 죄다 핑크다. 옷도 가방도 모자도 신발도 전부 다. 심지어 할머니는 아이섀도도 진한 핑크색이다. 다른 할머니들이 촌스럽다며 다른 색을 쓰라고 하지만, 핑크 할머니는 자신만의 개성이라며 싫다고 했다. 핑크 할머니는 엄청 꾸몄지만 내가 보기에는 하나도 예뻐 보이지 않는다. 그건 다른 멋쟁이 할머니들도 마찬가지다. 늙으면 예쁘든 안 예쁘든, 뚱뚱하든 날씬하든 별 차이가 없어 보인다. 그냥 다 같이 할머니다.

"이게 뭐라고 써 있는 겨?"

핑크 할머니는 글씨가 잘 보이지 않는지 CC크림을 눈에서 멀리 떨어뜨린 채 보려고 했다. 하지만 잘 읽지 못했다. 답답한 나머지 내가 알려 드렸다.

"CC크림이란 거예요. 수분 크림이 들어 있어서 촉촉하고, 자외선 차단 효과도 있어서 선크림 따로 바를 필요 없어요."

"한번 써 봐도 돼?"

"네? 뭐 그러세요."

핑크 할머니가 CC크림을 손등에 주욱 짠 후 얼굴에 펴 발랐다.

"어머, 진짜 촉촉하네."

갑자기 할머니들이 몰려오더니 내게 묻지도 않고 CC크림을 짜 얼굴에 바르기 시작했다. 어어? 저거 산 지 며칠 되지 않은 건데. 화장품 튜브가 점점 줄어들고 있다.

결국 CC크림은 반이나 줄어들고 나서야 내 손으로 돌아왔다. 내가 한 달 동안 바르고 남을 양을 할머니들이 3분 만에 써 버렸다.

나는 인상을 쓴 채 CC크림을 가방에 넣었다. 탈의실에서 나가려는데 촉새 할머니가 나를 불렀다.

"어디 가? 우리 오늘 끝나고 단체로 문화 센터장 만나러 가기로 한 거 몰러?"

"저는 이번 달만 다닐 거라서요."

"뭔 소리여? 수강생들이 다 같이 나서야지. 안 그래, 하 사장 딸?"

할머니가 내 어깨를 움켜잡으며 말했다. '하 사장 딸'이라는 말에 나는 주춤했다.

엊그제 아빠 세탁소에서 내가 알바를 하고 있는데, 촉새 할머니가 세탁소로 들어왔다. 할머니는 내게 여기서 알바를 하느냐고 물었고, 아빠는 딸이라며 나를 소개했다. 알고 보니 촉새 할머니는 우리 세탁소의 오랜 단골로, 새나라 정육점의 사장님이었다. 내가 살이 찐 이유 중 절반은 새나라 정육점의 탓도 있다. 아빠는 새나라 정육점에서 고기를 자주 사 왔고, 그 집 고기가 맛있어서 내가 살이 찐 거다.

촉새 할머니가 세탁소에서 나가고 난 다음에, 아빠는 촉새 할머니가 아주 고마운 분이라고 했다. 새나라 정육점 바로 옆에 체인점 세탁소가 생겼지만, 할머니는 멀더라도 꼭 우리 세탁소에 온다는 거였다.

"하 사장 딸, 같이 갈 거지?"

"네?"

나는 조용히 한숨을 내쉰 후 고개를 끄덕였다.

할머니들과 함께 3층에 있는 문화 센터 관장님 방으로 갔다. 갑작스런 할머니들의 방문에 관장님은 놀라 입을 다물지 못했다.

"아이고, 어머님들. 무슨 일이세요?"

"관장님, 그게 말이 됩니까? 한 반에 60명은 너무 많아요."

"수영 강습반이 적다고 주민들 말이 많아서요. 아쿠아로빅은 오후에도 있잖아요."

"아이고, 관장님. 우린 오후에 일해야 한다고요. 그리고 수영도 오후에 있잖아요. 왜 수영을 늘리고 아쿠아로빅을 줄인다는 거요?”

관장님도 할머니들도 지지 않았다. 나는 뒤에서 멍청하게 가만히 서 있었다. 아아, 나는 누구인가. 나는 왜 여기에 있는가.

학원에 가야 한다고 말을 할 걸 싶었다. 아까는 왜 그 생각이 떠오르지 않았는지 아쉽기만 하다.

“어머님들, 이렇게 찾아오시지 말고 하실 말씀이 있으면 인터넷에 문의를 하시든가 전화로 하세요.”

“관장님, 우리 같은 늙은이가 무슨 인터넷을 할 줄 안다고 그려요?”

관장님은 몹시 귀찮다는 표정을 짓고 있었다.

얼른 정리가 되길 바라고 있는데, 촉새 할머니가 내 팔을 툭 쳤다.

“젊은 사람이 좀 나서 봐. 얼른.”

“네?”

“뭐라고 말 좀 해보라고.”

촉새 할머니가 내 등을 세게 밀었고, 난 엉겁결에 관장님 앞으로 툭 튀어나왔다.

“너는 누구냐?”

“저, 저는 여기 수강생인데요. 음…… 저기, 제 생각은 말이죠. 저도 할머니들 말씀을 수용해야 한다고 봐요. 왜냐하면 말이죠. 한 반이 60명이 되면 수영장도 비좁을 거고, 또 샤워기도 부족할 거고."

나는 더듬더듬 말을 했다.

"너, 어느 학교 몇 학년이니?"

"네?"

갑작스런 질문에 나는 학교와 학년을 말해 버렸다.

"나 너희 학교 교장 선생님이랑 친군데."

뭐지, 이건? 그래서 어쩌라는 거야? 이런 거, 정말 싫다. 자신들이 만들어 낸 권위로 아랫사람을 찍어 누르는 것. 갑자기 기분이 팍 상했다.

"관장님, 수영장 회원만 회원인가요? 할머니들이 아쿠아로빅을 지금 몇 년째 다니시고 계시는데요. 관장님이 아쿠아로빅 할 때 한 번 와 보신 적 있어요? 40명만으로도 꽉 찬다고요. 60명이 되면 제대로 움직이지도 못하고, 뒤쪽에 있는 사람은 선생님 얼굴도 안 보일걸요? 게다가 아쿠아로빅 신청은 선착순으로 하잖아요. 그러면 60명에 들지 못하는 회원들은 어쩌라고요? 문화 센터는 주민들을 위한 거잖아요. 적어도 주민들의 의견을 골고루 수렴하셔야죠."

내가 말을 끝내자 할머니들이 "옳소!"라고 외치며 박수를 쳤고, 관장님의 얼굴이 붉으락푸르락 변했다.

관장님은 문화 센터 직원들과 다시 상의를 하겠다는 말을 하고는 우리를 내보냈다.

"아이고, 하 사장 딸. 말 한번 잘하네."

"그러게. 역시 어린 사람이 말을 논리적으로 잘하긴 혀."

나는 할머니들에게 이만 가 보겠다고 했다.

"수고했어, 하 사장 딸. 음료수라도 마시고 가."

"아뇨, 괜찮아요."

"괜찮긴. 어른이 주면 받는 거여."

촉새 할머니가 자판기에서 뽑은 비타민 음료를 내 손에 억지로 쥐어 주었다. 난 꾸벅 인사를 하고 도망치듯 문화 센터에서 나왔다.

망했다. 왜 거기에 끼어들어서 일을 만들었을까? 관장님이 교장 선생님 어쩌고저쩌고만 안 했어도 가만히 있었을 거다. 관장님이 교장 선생님한테 내 이야기를 하면 어쩌지? 다행히 아까 내 이름을 말하지는 않았다. 하지만 마음만 먹으면 회원 명부에서 내 이름을 찾는 건 일도 아닐 거다. 설마 치사하게 그렇게까지 할 리는 없겠지? 하지만 모를 일이다. 생각해 보면 어른들이야말로 가장 치사하다.

이게 모두 다 짜증 나는 할머니들 때문이다. 간섭하고 친한 척하고. 아, 싫다, 정말!

학원 수업 쉬는 시간에 1층 편의점으로 내려왔다. 지율이와 슬아, 예나는 아이스크림을 골랐지만 나는 다이어트를 하고 있는 중이라 먹지 않겠다고 했다. 대신 물을 한 병 샀다.

"세진아, 너 살 좀 빠진 것 같아."

슬아가 손으로 내 허벅지를 만져 보더니 한마디 했다.

"정말?"

우리 넷은 편의점 앞에 있는 테이블에 앉았다. 지율이가 오늘 제빵 학원에서 구웠다며 데니쉬를 꺼냈다. 데니쉬의 냄새가 너무 좋다. 아, 살 빼야 하는데. 머리로는 그렇게 생각했지만 손은 이미 데니쉬를 들고 있다. 오늘 운동했으니까 이 정도는 먹어도 될 거다. 나는 데니쉬를 최대한 천천히 뜯어 먹었다. 빨리 먹으면 더 먹고 싶어지기 때문이다.

"몸무게 얼마나 빠졌어?"

"3kg."

나는 오른 손가락 세 개를 펴 보이며 아이들에게 말했다. 여름 방학 동안 5kg을 감량하는 게 목표인데, 2주 동안 3kg이 빠졌다. 아쿠아로빅도 열심히 했지만 식단 조절도 하고 있다. 아침은 달걀 4개만 먹고, 점심은 평소처럼, 저녁은 샐러드만 먹고 있다.

"아쿠아로빅해서 빠진 거야? 아아, 나도 아쿠아로빅 다닐걸."

예나가 다음 방학에는 같이 다니자고 했다. 예나의 탈색한 머리카락을 보면 할머니들이 뭐라고 할까? 학생 머리가 뭐 이러냐며 까마귀 떼처럼 몰려들어 예나를 쪼아 댈 거다. 그 모습을 상상하니 쿡쿡 웃음이 나왔다.

"할머니들 때문에 완전 짜증 나."

"아직도 그래? 할머니들?"

난 그렇다고 고개를 끄덕였다. 친구들한테 할머니들이 자꾸 간섭하고 참견해서 짜증 난다는 말을 몇 번 했었다.

"할머니들 정말 왜 그런지 몰라. 난 길 가는데 모르는 할머니가 교복 치마 짧다고 막 뭐라고 하는 거 있지? 여자는 하체가 따뜻해야 한다나 뭐라나. 왜 간섭인지 몰라."

"그러게 말야. 나는 옆집 할머니가 인사 제대로 안 한다고 뭐라고 하는 거 있지? 인사를 90도로 해야 하는 건지……."

슬아와 예나도 할머니들이 간섭하는 게 싫다고 말했다. 하여

튼 할머니들은 간섭 대마왕이다. 심지어 항상 어디 참견할 게 없나, 하고 매의 눈으로 찾고 있는 것 같다.

"늙어 할 일 없어서 그래."

"맞아, 심심하니까 여기저기 막 참견하고 다니는 거야."

"아, 진짜 싫어."

"우리도 할머니 되면 그렇게 막 참견하고 그럴까?"

"으으, 우린 절대 그러지 말자."

친구들은 다들 늙는 게 싫다고 했다. 할머니들을 보면 수분이 쪽 빠진 말라비틀어진 과일 같다.

"야, 그만 올라가자. 수학 시작하겠다."

우리는 먹던 걸 정리하고 급하게 학원으로 올라갔다.

이런, 늦잠을 잤다. 일어나 보니 아침 9시가 훌쩍 넘어 있었다. 어제 인터넷을 하다가 늦게 잤다. 졸리지만 아쿠아로빅을 빠질 수는 없다. 10시까지 수영장에 가려면 촉박하다.

세수를 하고 주방으로 들어갔다. 다이어트를 한다고 어제 저녁을 먹는 둥 마는 둥 해 배가 너무 고프다. 어젯밤에 달걀을 미리 삶아 두길 잘했다. 나는 급하게 달걀을 까서 소금도 찍지 않고 입에 넣었다. 아침을 먹지 않으면 힘이 없어서 아쿠아로빅을 할 수가 없다. 지난번에 늦잠을 자는 바람에 아침을 못 먹고 아쿠아로빅에 간 적이 있는데, 시작한 지 20분도 채 되지 않아 허기가 지는 바람에 운동을 거의 못했다.

"누나, 달걀도 많이 먹으면 살찌는 거야. 적당히 좀 먹어."

이제 겨우 두 개째 입에 넣고 있는데 옆에서 아침밥을 먹고 있던 세철이가 뭐라고 했다. 하여간 저 녀석은 날 못 잡아먹어 안달이 났다. 못 들은 척하고 달걀을 한 개 손에 들고 집에서 나왔다.

계단을 내려오면서 나머지 달걀을 먹었다. 물을 가지고 나온다는 걸 깜박했다. 삶은 달걀이 퍽퍽해 목이 메었다. 난 침을 꿀꺽 한 번 삼켰다.

집에서 수영장까지 걸어서 15분이고, 뛰면 10분이 채 걸리지 않는다. 시계를 보니 9시 40분이다. 아무래도 제시간에 도착하려면 뛰어야 할 것 같다.

수영장 앞에 도착해 헉헉대며 숨을 몰아쉬었다. 다행히 늦지 않았다. 그런데 달걀이 목에 걸렸는지 목과 가슴이 너무 답답하다. 얼른 탈의실로 들어가 물을 마셔야지.

카운터에서 로커 키를 받아 탈의실로 들어갔다.

아, 그런데 왜 이러지? 머리가 띵하다. 누군가 내 머리에 들어

오는 산소 입구를 막은 것 같다.

한 발짝 한 발짝 걷는데 도저히 더는 걸을 수 없었다. 난 정수기를 잡고 바닥에 쓰러졌다.

"어머, 학생! 학생 왜 그래?"

나를 발견한 할머니가 소리쳤다. 달걀이 목에 걸린 것 같다는 말을 해야 하는데 한마디도 나오지 않았다.

"손도 차갑고 얼굴 노란 거 보니까 체한 거 같은데?"

어느새 촉새 할머니가 옆으로 다가와 내 손을 잡고 있었다. 촉새 할머니가 엄지와 검지 아랫부분이 이어지는 곳을 꾹꾹 눌렀다. 난 너무 아파 "아아!"하고 소리를 질렀다.

"체한 겨."

촉새 할머니는 내 손을 주무르며 "실이랑 바늘 좀 꺼내 봐!"하고 소리쳤다.

난 촉새 할머니에게 기대었다. 선생님 할머니와 핑크 할머니가 다가와 내 등을 두드리고 다리를 주물렀다.

어떤 할머니 한 분이 바늘과 실을 가져왔다. 촉새 할머니는 내 오른팔을 위쪽부터 아래쪽으로 쓸어내리기를 몇 번 한 후, 내 엄지손가락에다 실을 동여맸다. 지금 할머니들이 뭘 하는 거지? 뭐 하시는 거냐고 묻고 싶었지만, 가슴이 답답하고 정신이

혼미해서 그럴 수 없었다.

촉새 할머니가 내 엄지손가락을 ㄱ자로 꺾었다. 손가락에 피가 통하지 않는 것 같다.

갑자기 바늘이 돌진하더니, 콕 하고 내 손가락을 땄다.

"아아!"

내가 소리 지르는 동시에 손가락에서 검붉은 피가 났다. 옆에서 휴지를 들고 있던 핑크 할머니가 촉새 할머니에게 휴지를 건넸고, 촉새 할머니는 휴지로 피를 닦아 주었다. 하지만 피는 계속 났다.

"단단히 체했네. 이거 피나는 것 좀 봐."

"검붉은 피인 거 보니까 확실히 체했어."

"급체했을 때는 손 따는 게 최고여."

피가 다 멎고 난 후에야 촉새 할머니는 내 엄지손가락에 묶인 실을 풀었다. 그다음 왼손도 똑같이 묶은 후, 콕 하고 또 땄다.

양손을 따고 났더니 조금씩 머리에 산소가 통하는 것 같았다. 숨도 조금씩 쉬어졌다. 아까는 정말 숨도 제대로 나오지 않아 죽는 줄 알았다.

"어머, 어머님들. 수업 시작했는데 안 오시고 뭐 하세요?"

아쿠아로빅 선생님이 탈의실로 들어오며 소리쳤다. 할머니들은 지금 수업이 중요하냐며 기다리라고 했다. 선생님은 곧 상황을 파악했는지 정리하고 오시라고 말한 후 나갔다.

"소화제 있는 사람 없어?"

"나, 나 있어."

촉새 할머니의 물음에 어떤 할머니가 손을 들었다. 할머니는 가방에서 약통을 꺼내 가져왔다. 선생님 할머니가 내 손을 펼쳐 약통에서 약을 덜어 주었다. 빛바랜 초록색의 약은 아주 작은 알갱이로 꽤 많았다. 30알은 넉넉히 되어 보인다. 마치 토끼 똥이 굳은 모양이다.

핑크 할머니가 종이컵에 물을 따라 가져왔다.

"자, 얼른 먹어."

할머니들이 시키는 대로 약을 먹었다. 여기가 꼭 수영장 탈의실이 아닌 응급실 같다. 할머니들은 모두 한 명 한 명의 의사와 간호사다. 할머니들은 마치 이런 상황이 전에도 몇 번 있었던 것처럼 아주 자연스럽게 손발을 착착 맞춰 가며 나를 치료했다.

"이제 괜찮은 것 같으니 얼른 수영장으로 가. 선생님 기다리시잖아."

촉새 할머니가 다른 할머니들에게 말했다. 조금씩 정신이 들면서 할머니들의 모습이 제대로 보이기 시작했다. 수영복을 입고 있는 할머니가 반 정도 되었고, 나머지 반은 아무것도 걸치지 않은 채였다. 하지만 그런 모습이 조금도 이상해 보이지 않았다.

할머니들이 수영장으로 들어갔지만, 촉새 할머니만은 탈의실에 남았다. 할머니는 내게 당신 다리를 베고 누우라고 했다. 난 할머니가 시키는 대로 했다.

할머니는 내 배에 손을 얹더니 천천히 문질러 주었다.

아아, 촉새 할머니도 아쿠아로빅 하러 들어가야 하는데. 할머니는 수업 빠지는 거 싫어하는데. 할머니, 그만 수영장으로 가세요. 그 말을 하려고 했는데 차가웠던 배가 조금씩 조금씩 따뜻해졌다. 그러면서 스르르 눈이 감겼고, 난 그대로 잠이 들어 버렸다.

오늘은 아쿠아로빅 시간에 늦지 않게 일찍 일어났다. 엇그제 늦잠을 자 급히 아침을 먹다가 체하는 바람에 꽤 고생을 했다. 앞으로는 절대 움직이면서 음식물을 먹지 않을 거다. 두 번은 죽었다 깨어나기 싫다.

"아쿠아로빅 갈 거야?"

아침을 먹고 있는 나를 보고 엄마가 물었다.

"응, 살 빼야지."

"천천히 먹고 가. 너 그날 정육점 사장님 아니었으면 큰일 났어. 알지?"

난 안다고 고개를 끄덕였다. 촉새 할머니는 내 손을 따 준 것뿐만 아니라 내가 정신을 차릴 때까지 기다린 후 집까지 데려다 주었다. 그날 나와 함께 있던 사람들이 할머니들이 아니라 젊은 여자들이었으면 어땠을까? 생각해 보면 끔찍하다. 그렇게까지 나서서 나를 구하지 못했을 거다. 만약 나였다면 카운터에 가서 말하고 끝이었을 텐데. 엄마에게 할머니들의 대처 방안을 말했더니, 그게 다 연륜이라고 했다. 나이 든다는 게 끔찍한 것만은 아닌 거 같다.

"엄마, 그럼 갔다 올게."

시간이 여유가 있어 나는 천천히 수영장까지 걸었다. 아침이라 그런지 많이 덥지 않다.

탈의실 문을 열고 들어가니 할머니들이 먼저 와 계셨다. 난 큰 소리로 할머니들에게 인사를 했다.

"여사님들, 안녕하쎄요~!"

Delicious
MELON
COFFEE
SPICY 떡볶이
BURGER KING
I ♥ BURGER
Big

언니의 방학

언니에게.

언니, 오늘은 날이 조금 덜 덥다. 지난주까지만 하더라도 너무 더워서 밤에 몇 번 깼거든. 이제 여름이 막바지이긴 한가 봐.

난 다음 주 월요일이면 개학이야. ㅠㅠ 일주일만 더 방학이면 좋을 텐데 아쉬워. 학기 중에는 한 달의 시간이 너무 느릿느릿 지나가는데, 방학은 순식간에 지나가 버린 기분이야. 이런 걸 두고 상대성 이론이라고 하나? ㅎㅎ

아까 언니가 일부러 전화 안 받는 거냐고 메시지 보냈잖아. 꼭 그런 것만은 아니야. 진짜로 학원 수업 중이기도 했고, 일찍 잠들기도 했고, 친구랑 같이 있기도 했고, 뭐 그랬어. 진짜야.

부재중 전화 온 것 보고 왜 연락을 다시 하지 않았냐고? 그건 미안해. 내가 전화를 걸 수 있었지만 하지 않았어. 맞아, 그건 내가 잘못한 거야. 언니랑 통화를 하면서 무슨 말을 해야 할지 잘 몰라서 그랬어.

내가 서울 다녀온 지 벌써 일주일이 지났구나. 본의 아니게 내가 일주일 동안 언니 연락을 피한 셈이 되어 버렸네.

아무래도 전화나 메신저보다는 메일로 말하는 게 좋을 거 같아서 이렇게 이메일을 보내. 전화하면 버벅거릴 테고, 메신저는 너무 짧으니까. 오랜만에 이메일 쓰니까 기분 되게 이상하다.

언니가 이번 여름 방학에는 집에 못 온다고 해서 많이 속상했어. 6월 말인가 우리 학교 기말고사가 시작하기 전에 엄마가 그러는 거야. 언니가 이번 방학 때 집에 오지 않는다고. 바빠서 올 시간이 없다고 말이야. 그래서 내가 언니한테 메시지 보냈잖아. 정말 안 올 거냐고. 언니가 그렇다고 했을 때 서운했어. 엄마, 아빠도 그랬을 거야. 서울에서 청주까지 고작 1시간 30분밖에 안 걸리는데 좀 왔다 가지. 게다가 언니는 방학이 두 달도 넘잖아.

언니가 못 온다고 하니까 대신 내가 가야겠다고 생각했어. "언니, 내가 서울 갈까?"라고 메시지를 보내니까 언니는 곧바로 좋다고 답을 보내왔어. 그때부터 내가 얼마나 설렜는지 몰라. 언니가 서울로 대학을 간 지 4년이 되었지만 계속 기숙사에 있어서 내가 놀러 갈 수 없었잖아. 하지만 올해부터 언니가 자취를 해서 내가 서울 가서 있을 곳이 생겼어.

언니 만나러 서울 간다고 하니까 내 친구들도 엄청 부러워하더라고. 자기들도 같이 가면 안 되냐고 할 정도였다니까. 참, 가로수길에 가 보라고 알려 준 건 지율이야. 지율이가 텔레비전에서 봤는데 가로수길에 쇼핑할 곳도 많고, 맛있는 음식점도 많다더라고.

지율이는 언니가 제일 부럽대. 자기는 서울로 대학 가는 게 꿈이래. 서울은 청주랑 다르게 볼거리랑 놀거리도 많고 무엇보다 엄마, 아빠랑 떨어져 살 수 있으니까. 지율이뿐만 아니라 내 친구들은 언니를 많이 부러워해. 친구들이 언니 칭찬을 하면 마치 내가 칭찬을 받은 것처럼 어깨가 쓰윽 올라가.

원래 7월 달에 방학하자마자 서울에 가려고 했어. 하지만 엄마가 학원 여름 특강 끝나고 가라고 하는 바람에 빨리 못 간 거야. 기말고사 끝나자마자 학원에서 한 달간 하는 거 있잖아. 기말고사 끝나고 애들 해이해지니까 잡으려고 하는 거. 사실 말만 여름 특강이지 다른 거랑 별 차이 없는데, 엄마는 '특강'이라는 이름만 붙으면 무조건 좋다고 생각해. 마트에서도 특별 세일이라고 하면 꼭 사잖아, 엄마는.

서울 가기 전에 엄마가 나한테 계속 신신당부하는 거야. 언니 공부하는데 방해하지 마라, 언니 귀찮게 하지 마라. 마치 언니가 고3이라도 된 것처럼 그러는 거 있지? 언니 고3 때도 내가 거실에서 텔레비전이라도 볼라치면 엄마, 아빠 난리 났잖아. 주말에는 언니 집에 있다고 절대 친구도 못 데리고 오게 하고. 사실 그때 언니가 좀 미웠어. 한번은 내가 엄마, 아빠가 언니한테만 신경 쓴다고 막 투정부리며 우니까, 언니가 나한테 그랬잖아. 나중에 나도 겪을 거라고. 그때는 언니가 나한테 잘해 줄 거라고 했잖아. 대체 고3이 뭐기에 그러는 건지 나도 고3만 되어 봐라, 하고 이를 갈았어.

근데 지금은 고3 되는 거 싫어. 고3 없이 바로 대학생이 되면 얼마나 좋을까? 아니면 대학도 중학교나 고등학교처럼 추첨으로 배정받는 거야. 그렇게만 되면 입시 스트레스 같은 건 없을 텐데 말이야. 아직 3년이나 남았는데 고3을 상상하면 그냥 우울해져. 언니는 좋겠다. 고3이 지났으니까.

고속버스 터미널에 도착했을 때 언니가 내 모습을 보고 놀랐잖아. 나 머리 탈색한 것 때문에 말이야. 언니한테 일부러 말 안 했어. 언니 깜짝 놀라게 하려고. 언니가 너무 노란 거 아니냐고 말해서 조금 서운했어. 당연히 예쁘다고 해 줄 줄 알았거든. 내가 염색을 하기 위해 얼마나 여름 방학을 기다렸는지 언니는 모를 거야. 대학생들은 학기 중에 염색해도 아무도 뭐라고 하지 않지만 중학생은 불가능해. 물론 학기 중에도 진한 갈색으로 염색을 하는 애들이 있긴 하지만, 난 그 애들처럼 티도 안 나는 염색은 하고 싶지 않아. 염색을 한 아이들은 선생님들한테는 티가 나지 않기를 원하면서 또 다른 사람들 눈에는 티가 나기를 원해. 웃기지? 하지만 둘 다 만족시킬 수 있는 건 없잖아. 난 그렇게 어중간한 염색을 할 바에는 방학 때 연예인들처럼 진하게 염색할 계획을 세웠어. 방학에는 학교에 가지 않으니 염색을 해도 괜찮으니까. 엄마랑 아빠가 염색하고 싶으면 반에서 5등 안에 들어야 한다고 해서 내가 얼마나 기를 쓰고 기말고사를 준비했는데. 언니라면 반에서 5등은 문제도 아니겠지만, 나한테는 기적 같은 일이었어. 내가 5등 안에 드니까 엄마, 아빠가 아무 말 못하고 허락해 줬어. 엄마랑 아빠는 맨날 내가 뭐만 하고 싶다고 하면 다 대학 가서 하라잖아. 염색도 대학 가서 하고, 남친 사귀는 것도 대학 가서 하고. 하여튼 엄마, 아빠한테는 '대학'이 만능 패스라니까.

어쨌든 날 마중 나와 있는 언니를 보고 너무 반가웠어. 거의 다섯 달 만에 보는 거였잖아. 3월에 학기 시작한 이후로 언니는 청주에 한 번도 안 왔어. 수업도 하나밖에 안 들었다면서 많이 바빴던 거야?

근데 난 대학 시스템이 잘 이해가 안 가. 어떻게 수업을 하나밖에 안 들을 수가 있는 거야? 그러면 일주일에 수업을 딱 3시간만 듣는 거지? 너무 신기해. 중학교는 정규 수업만 30시간이 넘는데 말이야.

언니는 모든 대학생이 그럴 수 있는 게 아니라 4학년 이상 학생만 그렇게 할 수 있다고 했어. 그러면서 언니는 9학기라서 가능했다고 내게 알려 주며, 다음 학기인 10학기 때도 수업을 하나만 들을 거라고 했어. 대학교는 무조건 4학년까지만 다니는 줄 알았는데 아닌가 봐. 언니는 작년에 4학년이었는데 계속 학교에 다니잖아.

대학도 고3처럼 끝나는 거면 좋겠다. 대학교 4학년이 지나면 끝이 아니라 대학교 5학년, 6학년이 존재해. 실제는 없는 학년이지만 다니고 있는 학생들이 많아.

내가 계속 이해를 못하자 언니가 설명을 해 줬어. 회사에서 졸업생보다 졸업 예정자를 더 선호하기 때문에 대학생들이 졸업을 하지 않는 거라니, 난 회사들이 조금 이상한 것 같아. 회사가 졸업생들을 뽑으면 대학생들이 4학년이 지나서도 학교에 다닐 필요가 없잖아.

고속버스 터미널에서 만난 언니는 내게 어딜 가고 싶냐고 물었어. 나는 곧바로 가로수길이라고 대답했고. 지율이 말을 듣고 나도 인터넷 블로그에서 가로수길을 많이 검색해 봤어. 가로수길에서 꼭 가 보라는 파스타 집이랑 빙수 가게도 알아 두었고. 다행히 가로수길은 터미널에서 아주 가깝더라고. 지하철로 두 정거장이었잖아.

언니, 사실 난 지하철을 타고 내릴 때마다 꽤 많이 긴장을 해.

열차와 플랫폼 사이에 발이 빠질까 봐서. 그래서 난 최대한 아래를 잘 살피며 보폭을 크게 해서 열차에 올라타. 열차에 무사히 타면 그제야 안심이 돼. 그런데 언니는 전혀 긴장하지 않더라. 아주 자연스럽게 발아래를 보지 않고 열차를 타고 내려. 그런 언니의 모습을 보면서 역시 언니는 서울 사람이구나 싶었어.

신사역에서 내려서 언니는 출구를 헤맸어. 난 조금 당황했어. 당연히 언니가 가로수길을 잘 알 거라고 생각했거든. 그런데 언니는 가로수길에 한 번도 온 적이 없다고 했어. 나는 가로수길이 정말 유명한 게 맞는 건지, 혹시 지율이가 나에게 잘못 알려 준 게 아닌지 의심이 됐어. 어쩌면 가로수길은 서울 사람이 아닌 지방 사람들한테만 유명한 곳이 아닐까 싶기도 했고.

지나가는 사람에게 물어보니 8번 출구로 나가면 된다고 했어. 그래서 우리는 8번 출구에 있는 에스컬레이터를 타고 나와 걷기 시작했어.

언니, 그날 날씨 참 더웠지? 게다가 내가 서울 올라간 날이 올여름 중 가장 더운 날이었다니. 날씨가 너무 더워서 많이 걸을 수가 없었어. 언니는 아무 곳이나 들어가자고 했지만, 난 꼭 미리 알아 온 빙수 가게에 가고 싶었어. 그런데 빙수 가게를 찾는 건 쉽지 않았어. 핸드폰으로 지도를 검색하고, 그러고도 못 찾아 결국 가게에 전화까지 해서 찾아갔잖아.

빙수가 그렇게 비쌀 줄 몰랐어. 한 그릇에 만 팔천 원이라니! 우리 학교 앞에서 파는 컵빙수를 9개나 사 먹을 수 있는 가격이잖아. 아무리 메론 한 통이 다 들어간다고 해도 너무 비쌌어. 내가 너무 비싸다고 하니까 언니는 여기까지 온 거 먹어 보자며 메론 빙수를 시켜 줬어. 아마 아빠가 봤으면 한소리 했을 거야. 아빠는 커피가 사천 원씩 하는 걸 제일 이해할 수 없다고 했잖아. 우리가 만 팔천 원짜리 빙수를 먹었다고 하면, 아빠는 그걸 파는 가게나 사 먹는 우리나 둘 다 제정신이 아니라고 했을 거야.

메론 빙수는 블로그에서 본 사진이랑 똑같긴 했어. 메론 반 통을 잘라 속을 파내 그릇으로 삼아 거기에 우유 얼음을 넣고, 나머지 반 통의 메론을 사탕 모양으로 동글동글 떠서 얼음 위에 장식을 해 놨잖아. 언니랑 나는 먹기 전에 블로그에서 본 것처럼 사진을 많이 찍었어. 나온 그대로의 빙수 모양을 찍고, 한 입 떠먹는 모습도 찍고, 빙수 그릇을 통째로 들고 찍기도 하고. 지금 찾아보니 서울에서 가장 사진을 많이 찍은 장소가 바로 빙수 가게더라.

메론 빙수를 사 먹어 보니 사람들이 왜 그렇게 사진을 많이 찍어 올렸는지 알 것 같았어. 빙수가 너무 비싸니까 사진 촬영료는 뽑아야 하잖아. 친구들이 내가 메신저에 올린 사진을 보고 빙수를 먹어 보고 싶다고 하더라고. 하지만 난 "맛은 그저 그래. 비싸기만 하고."라는 말은 하지 않았어.

시원한 카페에 조금 더 앉아서 쉬고 싶었지만 바깥에 기다리는 사람이 많았어. 빙수를 다 먹고 그대로 앉아 있을 분위기가 아니어서 우린 빙수만 먹고 바로 나왔잖아. 그나마 다행인 건 빙수 가게에서 나왔을 때는 더위가 조금 꺾인 상태였어.

길을 걷다 보니 옷 가게들이 많이 나왔고 우린 외관이 예쁜 곳을 찾아 들어갔어. 난 어렸을 때부터 언니가 옷을 골라 주는 게 좋았어. 초등학생 때, 다른 애들은 엄마가 사다 준 옷을 입었지만 나는 언니랑 같이 옷을 사러 갔잖아. 친구들은 내가 입는 옷이 다 예쁘다고 했어. 그건 다 언니 덕분이야. 언니랑 나는 나이가 여덟 살이나 차이 나지만, 어렸을 때부터 언니는 나한테 참 잘해 줬고, 날 잘 데리고 다녔어. 우린 크게 싸운 적도 거의 없잖아. 언니 고3 때 딱 한 번 빼놓고 말이야. 내가 언니 다이어리 몰래 훔쳐봐서 언니가 한 달 넘게 나랑 말도 안 했잖아. 내가 말 걸면 못 들은 척하고, 나 보고도 못 본 척하고. 그때 내가 얼마나 속상해 했는데. 으으, 그때 일 생각하면 지금도 끔찍해.

어쨌든 다른 사람들도 우리만큼 사이좋은 자매가 많지 않다고 했어. 나도 그렇게 생각해. 언니만큼 좋은 언니는 또 없을 거야. 나는 언니가 내 언니라서 참 좋아. 언니가 서울로 대학 갔을 때, 난 한 달 내내 밤마다 울었어. 언니 그거 몰랐지? 언니가 서울로 대학을 간 후에는 난 주말이랑 방학만 기다렸어. 그래야 언니를 만날 수 있으니까.

언니랑 나는 〈샤론〉이란 옷 가게에 들어갔고, 언니는 민트색 브이넥 티셔츠가 내게 잘 어울린다며 사 줬어. 그 옷도 친구들이 다 예쁘다고 했어. 브이넥을 입으니까 가슴이 더 커 보인다고 하더라고.^^ 오늘도 학원에 그 옷을 입고 갔어. 우리 자매는 엄마를 닮아 가슴이 너무 작아. ㅠㅠ 내 친구 세진이는 C컵이래. 세진이는 통통한 제 몸이 싫다고 하지만, 난 세진이 가슴만큼은 너무 부러워. 아마 언니도 나랑 똑같은 생각을 할 거야.

옷 가게를 구경하고 나니까 저녁때가 되었고, 언니는 내게 뭐가 먹고 싶냐고 물었어. 나는 파스타 집을 미리 알아 왔지만 말하지 않았어. 블로그에 많이 나오는 걸 보면 파스타도 분명 비쌀 거야. 대신 나는 떡볶이가 먹고 싶다고 했어.

언니는 핸드폰으로 검색한 후, 나를 근처 떡볶이 집으로 데리고 갔어. 언니, 나는 세상에 그렇게 비싼 떡볶이가 있는 걸 처음 알았어. 무슨 떡볶이가 만 원이 넘어? 떡볶이는 비쌌지만 아주 맛이 좋았어. 어쩌면 비싸서 맛이 더 좋게 느껴졌는지도 몰라.

하루 종일 가로수길을 돌아다녔지만 사실 그리 특별한 건 없었어. 청주 시내랑 크게 다를 것도 없더라. 아마 그래서 언니가 그동안 한 번도 가로수길에 가지 않았나 봐.

우리는 밤 9시가 넘어서야 신촌역에 도착했어. 신촌역에는 사람이 아주 많았는데, 언니는 방학 중이라 대학생들이 그나마 적은 거라고 했어. 난 이제 방학이 얼마 남지 않아 아쉽다며, 방학이 긴 대학생이 부럽다고 말했어. 그런데 언니는 "부럽긴, 지긋지긋해!"라고 했어. 도대체 방학이 얼마나 길면 지긋지긋하기까지 할까. 하긴 대학은 일 년의 반이 방학이니까 조금 지겨울 수도 있겠다.

우린 신촌역 6번 출구에서 나와 횡단보도를 건넜고 언니 학교 방향으로 쭉 걸어 올라갔어. 학교 맞은편 거리는 상가가 많지 않아 어두웠어.

길을 걷는 동안 언니도 나도 아무 말도 하지 않았어. 언니가 하루 종일 가로수길을 돌아다니느라 피곤할 거라 생각해서, 나도 언니에게 말을 걸지 않았던 거야.

15분 정도 걸었을까? 골목골목 사이로 주택들이 꽤 많더라. 여긴 대학생들이 사는 원룸촌이라고 언니가 알려 줬어. 언니를 따라 골목길로 들어갔어. 우린 골목길 끝까지 걸어갔고 맨 마지막에 있는 왼편 집 앞에 도착했어. 언니는 그곳이 언니가 사는 곳이라고 했어.

언니의 방은 4층이었어. 문을 열고 들어갔을 때, 방이 너무 작아 깜짝 놀랐어. 한 달에 오십만 원을 낸다고 해서 난 무척 큰 집일 거라 생각했거든. 하지만 언니의 집은 그냥 방 하나였어. 방에 있는 가구라고는 책상과 옷장이 전부였고, 주방도 분리가 되지 않아 현관에서 싱크대가 바로 보였어.

더우니까 샤워 먼저 해.

언니 말을 듣고 나서야 이 방에 화장실도 있다는 걸 알았어. 현관문 바로 앞에 문이 하나 있었는데, 그곳이 바로 화장실이었어.

화장실도 사람 한 명이 들어가면 딱 맞더라. 변기와 세면대가 한 뼘 정도로 떨어져 있고, 나는 그 앞에 가만히 서서 샤워를 했어. 지난봄에 엄마와 아빠가 언니 집에 다녀오면서 월세가 너무 비싸다고 했던 말이 그제야 이해가 되더라. 언니 등록금에 방 값에 생활비에 엄마는 마이너스 통장 한도가 다 찼다며 한숨을 내쉬었거든. 내가 그 말을 듣고 언니한테 마이너스 통장이 뭐냐고 물어봤잖아. 언니는 대답 대신 엄마처럼 긴 한숨을 쉬었어. 난 인터넷으로 검색해 본 다음에야 마이너스 통장이 뭔지 알았지.

샤워를 하고 나왔더니 언니가 방바닥에 이불을 펴 놓았어. 이불을 펴 놓으니까 방에 빈 공간이 하나도 없더라. 난 졸리지 않았지만 이불 위에 누웠고, 언니는 나를 위해 불을 꺼 주었어. 언니는 토익 공부를 해야 한다며 책상 앞에 앉았지. 책상 위 스탠드만 켜 놓은 채 말이야.

언니가 지난달에 토익 시험을 본다며 엄마 생일에 내려오지 않은 일이 생각났어. 지난달에도 토익 시험을 봤으면서 또 봐야 하느냐고 내가 물으니까, 언니는 900점이 나올 때까지 볼 거라고 했어. 870점이 나왔는데 그 점수로는 부족하다며 말이야. 내가 "900점 넘는 게 학교 숙제야?"라고 물으니까 언니가 웃었어. 대학생이 되면 학교 숙제가 아니어도 알아서 스스로 해야 하는 게 많다고 알려 줬어. 900점을 요구하는 건 학교가 아니라 회사라며 말이지. 내가 생각하기에 870점이면 아주 높은 점수 같은데 언니는 아니라고 했어. 900점이 안 되면 서류 전형에서 떨어진다며 말이야.

언니 친구들은 해외로 어학연수를 다녀와 다들 900점이 넘었는데, 언니는 그렇지 못해 리스닝 점수가 잘 오르지 않는다고 했어. 작년에 언니가 학교 휴학을 하고 호주로 어학연수를 가고 싶다고 했지만 돈이 많이 든다고 해서 못 갔잖아. 언니가 엄마, 아빠랑 싸우고 방에서 울던 게 생각나.

사각사각.

난 언니가 문제지를 푸는 소리를 들으며 잠이 들었어.

다음 날 아침, 언니는 영어 학원을 가야 한다며 아침 일찍 나갔어. 학원 수업이 7시부터 시작이라며 말이야.

잠결에 언니가 알바 끝나고 내게 전화한단 소리를 들었던 것 같아. 언니는 영어 학원이 끝나면 커피숍에서 알바를 하러 가잖아. 나도 언니처럼 알바를 하고 싶어. 커피숍에서 일을 하면 꽤 멋질 거야. 방긋 웃으면서 손님을 맞이하고 맛있는 커피도 만들고. 그러다가 같이 일하는 멋진 남자 알바생이랑 사귈 수도 있잖아. 헤헤, 너무 앞서 나갔나?

무엇보다 알바를 하면 용돈을 벌 수 있다는 게 좋아. 우리 반에 알바를 하는 애들도 있어. 그래서 나도 엄마한테 알바를 하겠다고 말했는데 혼만 났어. 공부나 하라면서 말이야. 치, 나도 사고 싶은 게 많은데.

언니는 매일 아침 8시부터 오후 1시까지 신촌에 있는 학원 1층 카페에서 알바를 한다고 했어. 학기 중에는 주로 저녁에 알바를 하지만, 방학 때는 오전에 할 수 있어서 좋다고 했어. 오전에 손님이 더 적으니까.

난 아침 10시가 다 되어서야 일어났어. 눈을 뜬 상태로 가만히 누워 있었지. 한참 동안 천장을 바라봤어. 언니는 이 공간에서 공부도 하고 잠도 자고 밥도 먹고 다 하는구나. 이불 위에서 일어날까 했지만, 딱히 방에서 할 일이 없더라. 이불 위에 누워서 큰 대자로 팔과 다리를 폈어. 이불 위에 내 몸이 꽉 찼고, 이불은 방바닥에 꽉 찼어. 그렇게 난 언니의 세계를 몸으로 느꼈어.

멍하게 누워 있는데 세진이한테 문자가 왔어. 오늘 뭐 할 거냐고 말이야. 전날 가로수길에서 먹은 음식과 산 옷을 사진 찍어 친구들한테 보냈더니, 오늘은 또 무얼 하느냐고 무척 궁금해하더라고. 난 홍대에 갈 거라고 답을 했어. 언니랑 상의한 건 아니지만, 이따가 언니를 만나면 홍대에 가자고 말할 계획이었거든.

친구들과 메시지를 주고받으며 누워 있는데 배가 고프더라. 무얼 좀 먹어야겠다 싶어 일어나서 냉장고를 열었어. 엄마가 보낸 김치와 밑반찬이 몇 개 있더라.

김치통을 열어 보니 쉰 냄새가 훅 끼쳤어. 엄마가 보낸 지 꽤 되었나 봐. 다른 반찬들도 말라 있는 걸 보니 오래된 것 같더라고. 밥통에 밥이 있었지만 갑자기 입맛이 없어져서 그냥 냉장고 문을 닫았어. 대신 싱크대 옆에 두유 상자가 있기에, 거기에서 두유를 한 팩 꺼내 그것만 먹었지. 두유는 미지근해서 밍밍했어. 두유를 차갑게 먹는 게 좋을 것 같아서, 상자 속에 들어 있는 두유를 전부 냉장고에 넣어 두었어.

이불을 개니까 방이 조금 넓어 보이더라. 방바닥에 머리카락이 떨어져 있어 빗자루로 쓸었어. 몇 번 빗질을 하지 않았는데 방이 좁아서 금방 청소를 하겠더라고.

빗질을 했는데도 언니가 오려면 시간이 한참 남았어. 심심해서 걸레를 빨아 와 바닥을 닦았어. 엄마가 날 봤으면 깜짝 놀랐을 거야. 집에선 엄마가 아무리 잔소리해도 청소 한번 안 하니까.

청소를 끝낸 후 다시 맨바닥에 대자로 누웠어. 이불 위에 눕는 것보다 더 시원하더라. "아아"하고 소리를 냈는데, 금방 "아아"하는 메아리가 내 귀로 돌아왔어. 방이 넓지 않아 소리는 멀

Sharon
부자타운
공인중개사 사무소
MELON
SPICY 떡볶이
COFFEE
BURGER KING

리 가지 못했어.

잠을 많이 잤다고 생각했는데 누워 있으니까 또 잠이 들었어. 얼마쯤 잤을까. 전화벨 소리에 잠이 깼어. 전화는 언니한테 온 거였어. 언니가 알바 끝났다며 전화한 게 분명했지. 언니가 집까지 다시 올 필요 없이 내가 신촌역으로 나가겠다고 말을 하려는데, 그날 언니는 아무래도 취업 스터디에 가야 할 것 같다며 내게 미안하다고 했어. 원래 내가 놀러 와서 하루만 빠지려고 했는데, 이번에는 중요한 자기소개서 스터디라 빠지기 곤란하다고 했어.

미안해서 어쩌지?

언니에게 서운했지만 난 괜찮다고 했어. 언니는 대신 내일은 오후에 아무 일도 없으니까 같이 놀자고 했어.

집에 나 혼자 있다니! 만약 청주 집이었다면 아싸, 하고 소리치며 좋아했을 거야. 하루 종일 침대 위에 누워 있거나 텔레비전을 보고 인터넷을 하면 엄마한테 엄청 혼날 테지만, 언니의 방에서는 엄마의 잔소리를 듣지 않고 내가 하고 싶은 대로 다 할 수 있잖아. 내가 집에 있을 때 늦잠을 자거나 컴퓨터를 많이 하고 있으면 엄마가 와서 꼭 잔소리를 하거든. 그럴 때마다 내가 언니를 얼마나 많이 부러워했는지 언니는 모를 거야. 서울에서 혼자 사는 언니는 뭐든 마음대로 할 수 있을 거 아니야. 늦잠도 실컷 자고 인터넷도 마음대로 하고.

그런데 아무도 없는 방 안에 혼자 있는 건 심심하더라.

창문을 모두 열어 놓고 선풍기를 세게 틀어 놓았지만 방은 무척 더웠어. 언니한테 문자를 보내 나 혼자 나갔다 와도 되냐고 물었을 때가 그즈음일 거야. 언니는 길을 잃어버리면 어쩔 거냐고 했지만, 나는 핸드폰 지도로 다 찾을 수 있다며 걱정하지 말라고 했어.

언니의 허락을 받은 후 집에서 나왔어. 검색을 해 보니 언니 집에서 이대까지 그리 멀지 않더라. 난 이대까지 걸어가기로 했어. 지하철로 한 정거장밖에 안 되고, 2km면 충분히 걸어서도 갈 수 있는 거리잖아.

밖으로 나와 보니 날씨가 무척 더웠어. 서울은 청주보다 더 더운 것 같아. 청주보다 위에 있지만 열섬 효과? 뭐 그런 것 때문에 더 덥다고 들었던 거 같아.

신촌역 3번 출구로 나와 이대역 쪽으로 걸었어. 음식점, 커피숍, 옷 가게가 길거리에 즐비했어. 평일 낮인데도 사람이 참 많더라. 나는 나와는 반대로 신촌역 쪽으로 가는 사람들을 요리조리 피하며 걸었어. 팔짱을 낀 채 꼭 붙어서 걸어가는 대학생 커플을 보니까 부럽기도 하고 샘도 났어. 나도 얼른 대학생이 되어서 떳떳하게 남친을 사귀고 싶더라고. 엄마가 고등학교 졸업할 때까지는 남친 사귀는 거 어림도 없다고 하잖아. 정말 너무해. 내 친구 중에 남친 있는 애들 꽤 많은데 말이야. 엄마가 그러니까 내가 엄마 몰래 남친을 사귈 수밖에 없는 거라고.

근데 언니는 왜 남친 안 사귀어? 작년에 민우 오빠랑 헤어지고 새로 남친 안 사귀었지? 민우 오빠를 직접 본 적은 없지만 사진에서 봤을 때 꽤 멋졌는데 말이야. 아, 미안. 헤어진 남친 이야기 꺼내는 건 예의가 아닌데 말이야. 지율이는 전 남친 얘기하면 표정이 싹 변해. 근데 주연이랑 세진이는 그것도 모르고 툭하면 지율이 전 남친 얘기를 해서 지율이 속을 긁어. 난 되도록 얘기 안 해. 나도 아직은 종현이 이야기 듣는 게 불편해. 언니도 종현이 기억하지? 작년에 나랑 잠깐 사귀다가 날 찼던 애 말야. 친구들한테는 지금은 하나도 안 좋아하는 척하지만, 아직은 종현이를 못 잊었어. 학원에서 가끔 마주치는데 그때마다 심장이 멎어버릴 것 같아. 영원히, 아니 제발 고등학교 졸업할 때까지 만이라도 종현이한테 여친이 생기지 않으면 좋겠어. 종현이한테 여친이 생기면 너무 속상해 죽어 버릴지도 몰라. 아, 진짜 죽겠다는 건 아니고 그 정도라는 거야. 이건 언니한테만 털어놓는 비밀이야.

이대에는 옷 가게가 정말 많더라. 여대생들이 많아서 그런가 봐. 여기저기 들어가 구경을 했어. 예쁜 액세서리를 파는 곳도 많아 눈이 휘둥그레지더라고. 청주에는 없는 화장품 가게도 많았어.

난 길거리에서 파는 팔찌를 하나 샀어. 원래는 만 원인데 깎아 달라고 하니까 구천 원에 주겠대. 팔찌를 팔목에 차고 팔을 이리저리 움직였어. 큐빅이 빛을 받으면 반짝반짝 빛이 나는 게 아주 예뻤어. 팔찌가 잘 보일 수 있도록 팔을 흔들어 보았지. 이대 앞에서 파는 팔찌를 찼더니, 마치 내가 이대생이 된 것 같았어. 히히. 웃기지?

언닌 좋겠다. 언제든 걸어서 이대를 올 수 있잖아. 청주는 시내라고 해 봤자 성안길이 다잖아. 그런데 서울은 신촌, 이대, 홍대, 가로수길, 강남역, 명동 등등 시내가 아주 많아.

이 가게 저 가게 구경을 하다 보니까 배가 고팠어. 생각해 보니 아침도 두유 하나 먹고 말았고.

일본 라멘, 돈까스, 파스타, 우동, 알밥 등 많은 음식점이 있었지만 혼자 들어가서 먹는 게 내키지 않더라고. 난 한 번도 식당에서 혼자 밥을 먹은 적이 없어. 혼자 먹는 건 왠지 왕따 같잖아. 물론 서울에 나를 아는 사람은 없겠지만, 그래도 혹시나 누군가 내가 혼자 밥을 먹고 있는 걸 보면 어떻게 해? 혼자 밥을 먹으면 그 생각 때문에 체할지도 몰라.

배 속에서는 밥 달라고 계속 꼬르륵거리지, 밥을 혼자 먹을 자신은 없지, 한참을 고민하다가 버거킹에 들어갔어. 그나마 버거킹에서는 혼자 먹어도 괜찮을 것 같았거든.

카운터에 주문을 하러 갔는데, 알바생 언니랑 언니 얼굴이 너무 닮아서 깜짝 놀랐어. 동그란 얼굴에 웃으면 반달 모양이 되는 눈이 꼭 언니더라고. 아마 언니도 그 알바생을 보면 깜짝 놀랄지도 몰라. 언니랑 닮은 사람을 보니까 왠지 반갑더라. 알바생들은 대부분 대학생들 같아 보였어.

난 와퍼 주니어 세트를 주문했어. 그런데 알바생 언니가 거스름돈을 잘못 준 거야. 나한테 사천사백 원을 줘야 하는데 사천이백 원을 줬어. 내가 그 자리에서 바로 말하니까 다시 이백 원을 더 주더라고. 옆에 있던 매니저 명찰을 달고 있는 남자가 계산을 잘못한 알바생 언니에게 주의를 하라며 인상을 썼어.

햄버거 세트를 받아 와 자리를 잡고 앉았어. 처음에는 얼른 햄버거만 먹고 나오려고 했는데, 앉아 있다 보니 가게 안이 너무 시원한 거야. 어차피 이대 구경도 할 만큼 했고 지금 집에 가 봤자 덥기만 할 테니까. 언니한테 문자를 보내 언제쯤 집에 오냐고 물어보니, 언니는 7시 넘어 온다고 했어.

나는 조금 더 그곳에 있을 요량으로 콜라를 한 번 더 리필해 왔어.

내가 앉아 있던 자리는 정리대 옆이라 사람들이 많이 왔다 갔다 했어. 그런데 사람들이 대충 정리대 위에 쟁반을 놓고 가서 거의 알바생들이 와서 다시 치워야 했어. 문득 언니의 말이 생각나더라고. 언니가 그랬잖아. 알바하기 전에는 먹고 난 그릇 치우지 않을 때가 많았지만 이제는 안 그런다며 말이야. 알바할 때 쟁반 일일이 치우는 게 힘들다고 언니가 푸념했잖아. 근데 내가 자리에 앉아 있으면서 지켜보니까 손님 중에 먹은 것을 치우고 가지 않은 사람이 꽤 되더라. 셀프서비스인데도 말이야. 뭐 나도 예전에 그런 적이 많긴 하니까 할 말은 없어.

정리대 위에 쟁반이 마구잡이로 쌓였고, 카운터에 있던 언니를 닮은 알바생 언니가 정리를 하러 왔어. 알바생 언니가 맨 위에 올려 있는 쟁반 위 쓰레기를 버리는데, 아래 쌓여 있던 쟁반들이 균형을 잃고 바닥으로 떨어지는 게 아니겠어? 알바생 언니는 몸을 숙여 떨어진 쟁반을 주웠고, 카운터에 서 있던 매니저 남자가 물걸레를 들고 이쪽으로 왔어. 매니저 남자는 알바생 언니를 째려봤어. 그 눈빛이 어찌나 매섭던지 내 오금이 다 저리더라. 정리대 위에 쟁반이 쌓여 있던 건 알바생 언니 잘못이 아닌데 말야.

난 핸드폰으로 인터넷도 하고 친구들과 메시지를 주고받으면서 시간을 때웠어. 그런데 슬슬 그것도 재미없더라. 그만 언니의 집으로 돌아가야겠다 싶어서 쟁반을 들고 일어섰어.

콜라를 많이 마셨는지 화장실에 가고 싶었어. 화장실이 2층에 있다고 해서 2층으로 올라갔지. 화장실 쪽으로 걸어가는데 거기에 아까 알바생 언니와 매니저 남자가 서 있더라. 알바생 언니는 고개를 숙이고 있었고, 매니저 남자는 그 언니를 혼내는 듯했어.

그리고 넌 계산도 똑바로 못하냐?

아까 내가 계산 실수한 걸 괜히 말했나 싶더라고. 이렇게 알바생 언니가 혼날 줄 알았으면 그냥 이백 원 덜 받고 마는 건데.

매니저 남자는 내가 다가가는 것을 알아챘는지 알바생 언니를 혼내는 걸 멈췄어. 매니저 남자가 먼저 1층 계단으로 내려갔고, 알바생 언니는 그대로 서 있었어. 알바생 언니가 멍하니 서서 입술을 잘근잘근 씹는 게 보였어. 화장실에 가기 위해서는 알바생 언니에게 비켜 달라고 해야 하는데, 그 말이 안 나오더라. 난 그냥 화장실에 가지 않고 1층으로 내려왔어. 문을 열고 바깥으로 나와 보니 이상하게 아까 그 많던 대학생들은 보이지 않았어.

그날, 언니는 저녁 9시가 조금 안 되어 집에 돌아왔어. 스터디가 길어져서 늦었다며 미안하다고 했어. 언니는 나를 위해 집에 오는 길에 저녁으로 맥도날드에서 햄버거를 사 왔잖아. 근데 햄버거 봉지를 뜯는데 갑자기 매니저 남자가 생각나지 뭐야? 햄버거를 한입도 먹지 않았는데 벌써 체할 것 같았어. 난 배가 부르다며 먹지 않겠다고 했지. 점심에 햄버거를 먹었다는 말은 언니에게 하지 않았어.

너 홍대 가고 싶다고 했지? 내일은 홍대 놀러 가자.

언니에게 알겠다고 대답하고 햄버거를 냉장고에 넣은 후 이불 위에 누웠어.

언니는 책상 앞에 앉았고 난 토익 공부를 하는 거냐고 물었어. 그날은 토익 공부가 아니라 자기소개서를 수정해야 한다고 했어. 자기소개서를 가지고 스터디를 했는데, 멤버들이 언니 것을 보고 이상하다고 지적을 많이 했다며 말이야. 내 소개를 내가 한 건데 왜 남들이 뭐라고 하는지 이해가 가지 않았지만, 나는 아무 말도 하지 않고 그대로 잠을 청했어.

다음 날, 우리는 홍대에 가지 못했어. 내가 그냥 집에 내려갔기 때문이야.

음. 내가 이렇게 메일을 쓰는 건 언니가 뭔가 오해하는 것 같아서야. 언니가 친구와 주고받은 메시지를 본 건 맞아. 하지만 그것 때문에 언니한테 화가 나서 집에 온 건 아니야.

내가 언니 집에 있던 마지막 날, 그날도 언니는 학원에 간다며 새벽에 나갔어. 나는 아침으로 전날 언니가 사다 준 햄버거를 전자레인지에 데워 먹었지.

언니는 1시에 카페 알바가 끝난다며 신촌역에서 만나자고 했고, 난 그때 맞춰 나갈 생각이었어. 핸드폰으로 인터넷을 계속 하고 있으니까 눈이 아팠고 좀 무료했어. 컴퓨터에서 영화라도 다운받아 볼까 싶어 언니 책상 위에 있는 노트북을 켰어.

바탕 화면에는 자기소개서 파일들이 주르륵 떴어. 파일을 폴더별로 모아 놓지 않고 바탕 화면에 그대로 저장하는 언니의 버릇은 여전하더라. 난 언니가 밤늦게까지 쓰던 자기소개서의 내용이 궁금했어. 난 자기소개서가 간략한 이력서인 줄로만 알았는데, 언니는 이력서와 자기소개서는 다르다고 했잖아.

맨 오른쪽 끝에 있는 파일을 클릭했더니 성장 과정이라든지 자신의 장점, 입사 지원 동기 등에 대해 언니가 쓴 게 보였어. 분량이 꽤 많더라. 다른 파일을 클릭하니 질문이 거의 비슷했지만 내용은 다 달랐어. 지원하는 회사마다 요구하는 게 다르니까 언니의 모습도 제각각 달라야 하나 봐. 언니는 한 사람이 아니라 동시에 여러 명이었어.

언니의 자기소개서를 읽고 있는데 메신저 창이 열렸어. 핸드폰과 연동되는 메신저로, 방금 메시지가 왔다고 창이 깜박거렸어. 창을 여니까 비밀번호를 누르래. 혹시나 하는 마음으로 언니 생일 네 자리인 0319를 입력했는데 메신저 잠금이 해제되더라.

내가 컴퓨터를 켜지 않았다면, 언니 메신저 잠금 번호가 생일이 아니었다면 좋았을 거야. 난 언니가 친구와 주고받은 메시지를 보고야 말았어.

내 동생 때문에 짜증 나 죽겠어. 눈치 없이 집에 갈 생각을 안 해 -_-;

언니가 유라 언니한테 보낸 내용이었어. 유라 언니는 언니랑 고등학교 동창이라 나도 잘 아는 언니잖아. 우리 집에도 자주 놀러 왔고.

잘못 봤나 싶어서 모니터 가까이 얼굴을 들이대고 찬찬히 다시 읽었어. 분명 언니가 친구한테 보낸 게 맞았어.

그때는 너무 화가 났어. 당장 알바를 하는 언니한테 전화를 해서 따지고 싶었어. 어떻게 친구한테 이렇게 말을 할 수가 있느냐며 말이야. 아니면 엄마한테 전화해서 이를까?

별별 생각이 다 들었고, 분한 마음과 억울한 마음에 스크롤을 죽 올려 언니가 친구에게 보낸 이전 메시지를 읽었어. 도대체 유라 언니한테 내 이야기를 또 어떻게 했나 궁금했거든.

언니가 유라 언니에게 가장 많이 한 말은 답답하다거나 정말 모르겠다, 였어. 언니는 엄마와 아빠, 내가 알고 있는 것보다 더 많은 회사에 원서를 냈더라. 우린 그것도 모르고 언니가 눈이 너무 높다고 했잖아.

앞이 보이지 않아. 언젠간 우리 취업이 되긴 될까……

이건 유라 언니가 언니한테 보낸 메시지야. 난 한참을 그 문장을 들여다봤어. 언니들은 나의 내일인데, 언니들이 그렇게 말을 하면 나는 어쩌나 싶었어.

책상 앞에 멍하니 앉아 있는데, 갑자기 내가 이걸 봤다는 걸 언니가 알 거라는 생각이 불현듯 들었어. 내가 컴퓨터에서 새 메시지를 확인하면, 언니 핸드폰에는 새 메시지 알림 표시가 안 뜨니까. 옛날에 언니 다이어리 훔쳐봤던 일이 떠오르면서 무서워졌어. 언니는 분명 날 가만히 안 둘 거야.

더 이상 내가 거기 있으면 안 되겠다는 생각이 들었어. 난 가방을 챙겨 들고 언니 방에서 나왔어. 그리고 바로 고속버스 터미널로 가서 청주로 가는 버스를 탄 거야.

미안해, 언니. 언니의 메시지를 훔쳐봐서. 용서해 줄 거지? 그럼 나도 언니가 유라 언니한테 나 때문에 짜증 난다고 메시지 보낸 거 용서해 줄게.

언니, 나 그만 써야겠다. 오늘 세진이네 집에서 친구들이랑 1박 2일 하기로 했거든~ 내가 내일 다녀와서 언니한테 전화할게.

이번 여름 방학이 언니에게 마지막 방학이 되길 진심으로 바라.

p.s 참, 유라 언니 고3 때도 그 말 했어. 수능 100일 남았을 땐가 우리 집에 놀러 와서 언니 붙잡고 이게 끝나긴 끝나는 거냐고, 엉엉 울면서 말했어.

나, 다 기억나.

방학이 끝나간다고 속상해하지 말 것!

단 하루라도 추억을 만들 수 있으니까!
개학을 앞둔 주인공들의 이야기를
참고해도 무방함.

너를 기다리며

PM 04:30

세진이는 마트 앞에서 친구들을 기다렸다. 제일 먼저 도착한 건 지율이다. 지율이가 들고 있는 쇼핑백이 세진이의 눈에 띄었다.

"그거 뭐야?"

"브라우니 구워 왔어. 밥통으로도 만들 수 있는 거 있지?"

지율이가 쇼핑백을 살짝 열자, 달콤한 초콜릿 냄새가 훅 났다. 세진이는 침을 꼴깍 삼켰다. 오늘만큼은 다이어트고 뭐고

다 잊기로 했다.

잠시 뒤 주연이와 슬아가 차례대로 왔다. 주연이는 아이들과 오랜만에 만난다. 방학 동안 멜라니와 지내는 바람에 학원을 쉬었고 따로 아이들을 만나지 못했다.

"그동안 잘 지냈어?"

"선생님 노릇은 잘 한 거야?"

"너희 친척 데리고 학원 좀 놀러 오지."

주연이를 만난 아이들이 무척 반가워했다. 주연이도 마찬가지다. 아이들은 겨우 한 달 만인데도 불구하고 아주 오랜 시간이 지난 듯했다.

"얘들아, 예나 늦는대."

핸드폰을 확인한 지율이가 말했다. 예나는 조금 늦을 것 같다며 먼저 장을 보고 있으라는 메시지를 보내왔다.

"우리 먼저 들어가자."

아이들이 마트에 들어가 제일 먼저 간 곳은 과자 코너다.

"적당히 사. 우리 회비 십만 원 한도에서 써야 한다고."

주연이가 따라오며 말했다. 주연이는 회계 담당이다. 주연이는 낱개로 파는 과자보다 번들로 사는 게 더 싸다며 따라다니면서 잔소리를 했다.

과자와 음료수, 상추를 담았더니 카트가 꽉 찼다. 남들이 보면 어디 며칠 여행이라도 가는 줄 알 거다.

"근데 삼겹살은 여기서 안 사?"

슬아가 물었다. 저녁에 세진이네 집 옥상에서 고기를 구워 먹기로 했다.

"응, 그건 다른 곳에서 사면 돼."

세진이가 고기를 빼고 사라고 했다.

아이들이 물건을 거의 다 골랐을 때 즈음 예나가 도착했다. 예나는 화장품 가게에 염색약을 사러 다녀와 조금 늦었다. 마트에도 염색약을 팔지만 요즘 한참 광고하는 제품은 팔지 않는다. 머릿결이 거의 상하지 않는다고 광고를 해 예나는 꼭 그 제품을 쓰고 싶었다. 다음 주 월요일이면 개학이기에, 이제 검은색으로 머리카락을 염색해야 한다. 원래 미용실에서 염색하려고 했으나 주연이가 해 준다고 나섰다. 좀 미심쩍긴 하지만 주연이가 걱정하지 말라고 했다.

"검은색 염색은 엄청 쉬워. 그냥 죽죽 바르기만 하면 된다니까. 내가 우리 할머니 염색도 다 해 준다고."

"진짜 잘해 줘야 해."

"내가 우리 할머니한테는 오천 원 받는데, 너한테는 공짜로

해 주는 거야. 나만 믿으라니까."

예나가 엄마한테 미용실에 가게 돈을 달라고 했는데 엄마는 못 준다고 했다. 예나가 고집부려 한 염색이니 용돈에서 알아서 하라고 했다. 용돈이 삼만 원밖에 남지 않았는데 미용실에서 염색을 하려면 최소 삼만 원이 든다. 미용실에서 염색을 하면 오늘 모임 회비를 낼 수가 없다. 결국 예나는 이만 원 회비를 내고 칠천 원짜리 염색약을 사서 친구들에게 맡기기로 했다.

계산대에 고른 물건을 올려놓았다. 오만 원이 조금 넘게 나왔다. 아이들은 많이 사지도 않았는데 비싸다며 한마디씩 했다. 돈을 손에 쥐고 직접 계산을 해 보니, 엄마가 장을 볼 때마다 왜 투덜댔는지 알 것도 같았다.

오늘 유자유자 아이들은 세진이네 집에서 1박 2일을 하기로 했다. '방학 숙제'를 하기 위해서다. 개학을 이틀 앞두고 방학 숙제라니, 좀 많이 늦긴 했다. 하지만 그건 부모님들을 설득하기 위한 핑계에 불과하다.

내일 새벽 별똥별 우주 쇼가 펼쳐진다. 지율이가 일주일 전 인터넷을 하다가 알게 되었고, 아이들에게 다 같이 모여 별똥별을 보자고 했다. 마침 세진이네 부모님과 동생 세철이가 주말에 외가댁에 간다고 해서 세진이네 집이 비었다. 세진이네 집은 연

립 주택 꼭대기 4층으로 언제든지 옥상을 쓸 수가 있다. 부모님들은 처음에는 반대를 했지만 방학 숙제로 별똥별 쇼 관람기를 적어야 한다고 하니까, 마지못해 허락해 주었다.

세진이는 마트에서 나와 아이들을 데리고 근처 정육점으로 갔다.

"여사님, 저 왔어요!"

"어, 왔어?"

세진이가 살갑게 정육점 사장님, 촉새 할머니에게 인사를 했다. 세진이는 어제부로 한 달간의 아쿠아로빅을 마쳤다. 아쿠아로빅 덕분에 몸무게를 4kg 감량했다. 목표에서 1kg 부족하긴 하지만 이 정도도 만족이다. 할머니들의 염원대로 아쿠아로빅 10시 반과 11시 반의 합반 추진은 없던 일이 되었다. 세진이는 할머니들 대신 문화 센터 홈페이지에 합반을 반대하는 글을 남겼다.

세진이가 아이들에게 윙크를 하며 아쿠아로빅 같이 다니는 할머니라고 소개했고, 아이들은 고개를 끄덕였다. 그간 세진에게 워낙 이야기를 많이 들어 아이들은 촉새 할머니를 직접 아는 것 같은 느낌마저 들었다.

"뭐 줄까?"

"삼겹살이요. 저희 다섯 명 먹을 거면 얼만큼 사야 해요?"

"보자. 다섯 명이면 삼겹살 두 근 반이면 맞을 듯한데."

촉새 할머니가 아이들을 주욱 둘러보았다. 남학생이라면 두 근 반이 부족하겠지만 여학생이면 맞을 듯했다. 그때 주연이가 "저희 많이 먹어요."라고 말했고, 나머지 아이들이 인정한다는 듯 낄낄거리며 웃었다.

"그럼 내가 항정살 서비스로 반 근 더 줄게."

"우아, 정말요? 여사님 최고!"

아이들이 엄지손가락을 들어 보이고 박수까지 치며 좋아하자, 촉새 할머니는 기분에 항정살 서비스뿐만 아니라 삼겹살도 두 근 반보다 더 넉넉히 썰었다.

"그럼 9월에는 수영장 안 와?"

"네, 월요일에 저희 학교 개학하거든요."

"거 아쉽네."

세진이가 맞다고 고개를 끄덕였다. 할머니가 개학을 두고 말하는지 아쿠아로빅을 그만두는 걸 이야기하는 건지 모르겠지만, 둘 다 아쉽긴 마찬가지였다.

"파채는 먹기 전에 물에 담가 놔. 그래야 매운 맛이 빠져. 그리고 고춧가루랑 설탕 넣어 조물조물 무치면 돼."

할머니는 고기가 든 봉지를 아이들에게 건네주며 말했다. 지율이는 파채 양념법을 잊어버릴까 봐 핸드폰 메모장에 얼른 입력했다.

"그럼 다음에 또 올게요."

아이들은 인사를 하고 정육점을 나섰다. 양손 가득 든 비닐봉지 덕분에 마음까지 가득 찬 기분이었다.

PM 6:00

세진이네 집에 도착하여 장을 봐 온 것을 식탁 위에 모조리 꺼냈다. 식탁 위가 꽉 찼다. 차갑게 보관해야 할 음료수와 고기, 과일은 냉장고에 넣었다.

주방 안을 아이들이 분주하게 왔다 갔다 거렸다. 집에 가족들이 아닌 친구들과 있으니 세진이는 집이라는 공간이 새롭게 느껴졌다. 세진이가 오랫동안 살던 곳이 아닌 처음 놀러 온 곳 같았다.

"저녁 몇 시에 먹을까?"

"지금 먹자. 나 배고파."

주연이와 예나가 배고프다고 아우성이다. 아무래도 옥상에서 먹으려면 해가 지기 전에 먹는 게 좋을 것 같다고 세진이가 나섰다.

세진이가 싱크대에서 그릇을 꺼내자 슬아와 지율이는 마트에서 사 온 상추와 파채를 씻었고, 주연이와 예나는 준비된 것을 옥상 위로 날랐다. 지시하는 사람이 없지만 다들 알아서 하고 있다. 이럴 땐 참 손발이 척척 맞는다.

옥상에 올라오니 선선한 바람이 불어 시원했다. 평상 위에 고기와 야채로 상을 차렸다. 예나는 SNS에 올리겠다며 여러 각도에서 사진을 찍었다. 아이들은 손가락으로 V자를 하며 단체 사진도 찍었다.

세진이가 휴대용 가스레인지에 불판을 올려놓은 후 돼지비계로 불판을 쓱 닦아 냈다. 엄마가 하는 걸 따라 했다. 그다음 불판에 차례대로 삼겹살을 올려놓았다. 고소한 냄새가 사방에 진동했다.

“아, 이 냄새! 날 정말 미치게 한다니까.”

세진이가 불판에 코를 들이대며 말했다. 이제까지 세진이가 다이어트에 번번이 실패한 데 있어 삼겹살이 지대한 영향을 끼쳤다.

“난 고기 냄새는 싫던데.”

예나가 고개를 저으며 말했고, 주연이와 세진이가 동시에 “그럼 넌 먹지 마!”라고 소리쳤다.

"야, 누가 고기가 싫대? 냄새가 싫댔지. 난 코 막고서라도 먹을 거다! 하여튼 말 한마디를 못한다니까."

세진이가 고기를 구웠고 나머지 아이들은 고기가 구워지는 족족 고기를 먹었다. 지율이는 세진이가 혼자 고생하는 것 같아 자신이 굽겠다고 했지만, 세진이는 집게를 주지 않았다. 세진이는 고기를 구움으로써 나름 다이어트를 하고 있는 중이다. 고기를 굽다 보면 다른 사람들보다 조금은 덜 먹게 될 테니까.

누가 여학생들이 남학생보다 덜 먹는다고 말했던가? 그 말이 틀리다는 건 학교 급식소에 가 보면 알게 된다. 여학생들도 남학생 못지않게 밥을 잘 먹는다.

세 근의 고기는 결코 많지 않았다. 1800그램이면 고깃집에서 파는 9인분이다. 하지만 밥까지 비벼 먹었음에도 고기는 조금도 남지 않았다.

"아, 배부르다."

고기를 다 먹고 난 후, 아이들은 다 같이 오른손으로 배를 문질렀다. 유자유자만의 잘 먹었다는 표시다.

"그럼 브라우니는 이따가 먹을까?"

지율이가 묻자 아이들은 무슨 소리냐며 당장 꺼내라고 했다. 밥 배와 디저트 배는 따로 있으니까. 지율이가 종이봉투에서 브라우니를 꺼내 칼로 잘랐다. 아이들은 손으로 브라우니를 집어 입에 가득 넣었다.

“정말 맛있다. 나중에 지율이 너 빵 가게 차려도 될 것 같아.”

“그럼 난 단골될 거야.”

“나도.”

친구들이 맛있다고 해 주니 지율이는 기분이 좋았다. 이 맛에 친구들한테 빵을 가져다준다. 엄마와 아빠는 지율이가 만든 빵을 먹고 별말을 하지 않는다. 그냥 맛있네, 이 한마디가 전부다. 하지만 친구들은 세상에 있는 감탄사를 다 가져와도 부족할 정도로 늘 맛있다고 칭찬을 해 준다. 다른 빵 가게에서 파는 것만큼 맛이 좋지 않다는 걸 지율이도 잘 알고 있다. 아마 친구들도 그렇게 생각할 거다. 하지만 그러면서도 친구들은 칭찬을 하고, 그런 칭찬을 듣는 지율이도 기분이 나쁘지 않다. 아니, 오히려 좋다. 나이가 들면 왜 감탄이 줄어드는 걸까. 다른 감정들도 마찬가지다. 학교 선생님들은 별것도 아닌 일에 기뻐하고, 슬퍼하고, 신경 쓰는 걸 두고 ‘중학생’이라서 그렇다고 했다. 어쩌면 사람은 태어날 때 모든 감정통을 하나씩 갖고 태어나는 게 아닐까. 기쁨의 감정통, 슬픔의 감정통, 놀람의 감정통 등등 다양한 감정통이 있는데 그 총량은 모두 똑같이 정해져 있고, 그걸 조금씩 꺼내 쓰면서 살아가는 거다. 어른들이 감정을 풍부하게 나타내지 못하는 건 감정통의 양이 줄어들었기 때문인지도 모른다.

"제빵 학원 재밌었어?"

슬아의 질문에 지율이는 고개를 끄덕였다. 빵은 다른 요리와 다르게 집에서 레시피를 보고 혼자 만들기가 어렵다. 제빵 학원에서 지율이는 빵 만드는 기초를 배웠다. 이제는 제법 혼자서도 빵을 만들 수 있다. 오븐이 없어 프라이팬이나 전자레인지, 밥통을 주로 사용하고 있다. 용돈을 모아 오븐을 사는 게 요즘 지율이의 목표다.

"딩동!"

지율이가 친구들과 함께 브라우니를 먹고 있는데 메시지가 왔다. 확인해 보니 우빈이다.

누나, 새벽에 별똥별 쇼 볼 거야?

우빈이는 은근슬쩍 말도 놓았다. 지율이는 답을 보냈다.

나 친구들이랑 같이 보기로 했어.

우와, 좋겠다. 난 집에서 봐야지~

"누구야?"

지율이가 메시지를 보내는 걸 보고 슬아가 물었다.

"아, 엄마."

지율이는 친구들에게 우빈에 대해 솔직하게 말하지 못했다. 알고 보니 초딩이었다고 누가 말할 수 있을까? 그냥 몇 번 만나 보니 내 스타일이 아니라 잘 안됐다고 둘러댔다. 친구들이 사실을 알면 놀려 댈 게 분명하다. 우빈이는 지율이가 자기보다 3살이나 더 나이가 많은 누나라는 걸 알면서도 계속 연락을 해 오고 있다. 지율이는 매몰차게 끊을 순 없어, 실은 끊고 싶지 않아 받아 주고 있는 중이다.

"요즘 애들, 좀 당돌한 거 같아."

지율이가 핸드폰을 주머니에 넣으며 말했다. 그러자 친구들은 넌 요즘 애들 아니냐고 되물었다. 듣고 보니 그건 그랬다. 지율이는 연하를 상대하다 보니 나이가 팍 들어 버린 기분이다.

브라우니에 이어 수박 반 통을 잘라 먹고서야 저녁 식사가 끝이 났다. 가위바위보를 해서 진 사람 두 명이 설거지를 하기로 했다.

"한 판만 하는 거야?"

"응, 한 판으로 끝내. 뭘 세 판씩이나 해."

세진이가 한 판으로 끝내자고 했다. 가위바위보를 하기 직전, 아이들의 심장이 콩닥거렸다. 성적표를 받기 전보다 더 떨렸다.

"가위 바위 보!"

예나와 세진이가 주먹을 냈고 나머지는 보를 냈다. 예나와 세진이는 인상을 팍 썼지만 지율이와 주연, 슬아는 로또라도 당첨된 것마냥 평상 위를 뛰어오르며 기뻐했다.

PM 9:00

저녁 먹은 걸 다 치우고 난 뒤 다시 옥상으로 올라왔다. 별똥별 쇼가 시작하기까지 아직 4시간 가까이 남았다. 그사이에 주연이가 예나의 머리 염색을 해 주기로 했다.

주연이는 평상 위에 신문지를 깔았다. 그러고는 남은 신문지 중에서 두 장을 활짝 펴 중간 부분을 찢었다. 그 구멍으로 슬아의 머리를 넣어 아기들 턱받이처럼 입혔다.

"진짜 웃기다. 예나 너 거지 같아."

"그러게."

지율이와 세진, 슬아가 예나의 모습을 보고 웃었지만 주연이는 신경 쓰지 않았다. 다만 당사자인 예나는 그렇게 웃기냐고 계속 되물었다.

"이거 꼭 써야 해? 보자기 쓰면 안 돼?"

"천에 묻으면 안 지워진단 말이야. 그냥 써."

예나가 알았다고 고개를 끄덕였다. 주연이가 염색약을 꺼내 중화제와 약을 능숙하게 섞었다. 제법 많이 해 본 솜씨다.

"너 정말 잘해야 해. 머리카락 말고 다른 데 묻히면 안 된다고."

예나는 머리 속살에 묻을까 봐 걱정이 되었다. 살에 묻은 염색약은 잘 지워지지 않는다. 가끔 집에서 염색을 해서 머리 속까지 물든 아이들을 보면 추했다.

"알았어. 걱정 붙들어 매."

주연이가 꼬리빗으로 예나의 머리카락을 부분 부분 나눴다. 그다음 다 섞인 염색약을 예나 왼쪽 머리부터 바른 후 빗으로 쓱쓱 빗었다. 예나의 노란색 머리가 검은색으로 물들어 갔다.

"야, 검은색이 진짜 강력하긴 한가 봐. 노란색 다 사라졌어."

예나는 한 달 전 노란색으로 염색하던 일이 떠올랐다. 검은 머리카락에 노란색을 염색하면 색깔이 나오지 않는다고 해서,

우선 탈색을 한 후에 다시 노란색으로 염색을 했다. 노란색 머리를 하고 다닌 동안 어른들은 학생이 무슨 염색이냐며 고개를 절레절레 저었지만 또래 아이들은 예쁘다고 해 주었다. 어른들은 말한다. 염색과 화장은 어른이 되면 실컷 할 수 있다며, 그러니 학생 때 굳이 하지 않아도 된다고. 하지만 어른이 되어서 하는 것과 지금 하는 것이 과연 같을까? 그건 마치 맛있는 초코케이크를 두고 나중에 먹을 수 있으니 지금은 먹지 말라고 타이르는 것과 같다. 초코케이크는 지금 먹어야 더 맛있을 수 있다. 나중에는 입맛이 변해 초코케이크를 좋아하지 않을 수도 있으니까.

"다 됐어. 자, 봐 봐."

지율이가 예나에게 거울을 건넸다. 예나는 거울에 제 모습을 비췄다. 검은 머리가 어색하다. 노란 머리로 산 건 열여섯 인생 중 겨우 한 달이고 나머지는 검은 머리로 살았으면서 말이다.

"머리 지금 감으면 돼?"

"응."

머리를 감기 위해 예나가 평상에서 일어섰다. 세진이가 예나를 따라갔다. 예나는 바닥에 염색약이 떨어지지 않게 조심조심 걸어서 계단을 내려갔다.

아이들이 평상 위에 신문지와 염색약을 다 치웠을 때, 예나와 세진이가 옥상으로 돌아왔다.

"짜잔~ 나 변신 완료!"

예나가 날라리 여중생에서 모범생으로 돌아왔다. 지나간 방학처럼 탈색 머리와도 이젠 안녕이다.

검은색으로 염색을 하여 예나의 머리카락은 유독 더 까맣다.

"어때? 나 백설 공주 같지 않아?"

예나의 말에 아이들이 토하는 시늉을 했다. 노란색으로 염색을 했을 때는 바비 인형 같지 않느냐는 막말을 하더니, 이제는 백설 공주 타령이다. 아이들은 백설 공주가 아니라 흑발 마녀 같다고 놀렸다.

"됐어. 너희 지금 내 아름다운 모습에 질투 나서 그러지?"

예나가 새침한 표정을 지으며 말했다.

"아, 저 근자감 어쩌면 좋냐?"

"냅 둬. 그게 예나의 무지막지한 매력이잖아."

아이들은 예나의 검은 머리카락을 두고 한참 떠들었다.

다섯 명의 아이들이 평상에 나란히 누웠다. 평상이 넓지 않아 아이들의 살이 맞닿았다. 덥다고 티격태격했지만 살이 닿는 게 싫진 않았다.

"이제 몇 시간 남았냐?"

주연이의 물음에 지율이가 시계를 보며 이제 3시간 남았다고 했다.

"우리 배도 부른데, 그냥 들어갈까?"

주연이는 별똥별 쇼가 별로 기대되지 않았다. 별똥별 쇼는 친구들과 함께하기 위한 명분일 뿐이다. 별똥별 쇼가 아니어도 좋다. 아이들이 기대한 건 1박 2일이다. 다 같이 모여 하룻밤을 자는 일은 흔치 않다. 학교에서 수학여행이나 야영을 가는 경우는 제외다. 그때는 하기 싫은 프로그램도 해야 하고 마음에 맞지 않는 아이들과도 지내야 하기에 별로다.

"그냥 있자. 집보단 여기가 시원해."

"그래. 그리고 난 꼭 보고 싶어."

지율이와 슬아는 기다려서 보자고 했다. 주연이는 고개를 돌려 세진이와 예나의 표정도 봤다. 둘도 찬성인 듯했다.

"엄청 멋있을 거래. 50년에 한 번 볼까 말까 하다고 그랬어."

주연이의 옆에 누운 지율이가 주연이의 어깨를 손으로 톡톡 두드리며 기다리라고 했다.

"그럼 50년 뒤에나 별똥별 쇼를 볼 수 있다는 거야? 그럼 그냥 기다려야겠다."

주연이는 50년을 기다릴 바에는 3시간을 기다리는 게 훨씬 나을 거라는 계산이 나왔다.

"으악, 50년 뒤라니. 그럼 우리 몇 살이냐?"

세진이가 평상에서 벌떡 일어나며 말했다.

"5년 뒤도 멀어 보이는데 50년이라니!"

주연이가 소리쳤다. 주연이는 5년 뒤라면 모를까 50년 뒤는 한 번도 생각해 본 적이 없다. 그건 정말, 너무나, 먼 이야기니까.

"그때 우리 다 할머니 되어 있겠다."

세진이는 혼잣말을 하듯 읊조렸다. 아쿠아로빅에서 만났던 할머니들이 떠올랐다. 자신과는 관련 없는 삶을 살고 있다고 생각했는데, 언젠가 세진이도 그렇게 될 거다. 촉새 할머니는 세진이를 보며 여러 번 세진 나이였던 시절이 엊그제 같다는 말을 했다. 그때마다 세진이는 촉새 할머니의 과장이 심하다고 생각했다. 하지만 세진이도 50년 뒤엔 지금을 그리 멀지 않은 과거로 기억할지도 모른다. 겪어 보지 않은 미래는 멀지만 이미 지나간 과거는 가깝다.

세진이뿐만 아니라 다른 아이들도 잠깐씩 50년 뒤 미래를 상상했다. 예나는 언니에게 50년 후가 있다는 이야기를 해 주고 싶었다. 50년 뒤가 있다는 걸 알면, 겨우 1, 2년 후의 일을 가지고 골머리 썩지 않을 텐데.

별똥별 쇼를 보러 오기 전에 예나는 고민 끝에 언니에게 메일을 보냈다. 예나의 서울행은 별로 신나는 경험만은 아니었다. 〈서울 쥐와 시골 쥐〉에 나오는 시골 쥐가 된 기분도 들었다. 대학만 가면 끝일 줄 알았는데 결코 그렇지 않다. 그렇다면 취업을 해도 마찬가지일 것 같다. 이제까지 학교에 다니면서 엄마, 아빠가 말하는 것처럼 좋은 대학만 가면 되는 줄 알았는데 아니다. 그때도 또 힘든 일이 생길 거다. 그렇다고 예나가 허무주의에 빠지거나 그런 건 아니다. 다만 예나는 내일을 위해 오늘을 양보하는 일을 하고 싶지 않을 뿐이다.

"주연아, 우리 다 할머니 되면 네가 우리 머리 다 염색해 줘. 오늘 보니까 아주 잘하던데!"

거울을 보며 예나가 말했다. 예나는 오늘 염색이 꽤 마음에 든 눈치다.

"나도 예약!"

"나도!"

"이것들이 아주 사람을 공짜로 부려 먹으려고."

주연이가 아이들에게 웃으면서 눈을 흘겼다.

"우리, 나중에 할머니 되도 절대 뽀글머리는 하지 말자. 약속!"

"그래, 나도 정말 그 머리 싫어."

"근데 할머니들은 왜 다들 그 머리 하는 거지?"

저마다 생각하는 이유를 들었다. 뽀글머리가 편하니까, 나이가 들면 다른 머리 스타일은 잘 어울리지 않으니까 등등. 하지만 아무도 정답을 모른다. 그 나이가 되어 봐야 비로소 답을 알 거다.

바람이 선선하게 불어 덥지 않았다. 바람에는 살짝 온기가 섞여 있지만 나쁘지 않다. 한여름이었다면 이 바람이 덥게만 느껴졌을 테지만, 여름을 넘어 가을로 가고 있는 지금의 바람은 적당히 시원하고 따뜻하다. 이제 여름도 거의 끝나가고 있었다.

"여름이란 단어 너무 예쁘지 않아?"

슬아는 여름이라는 단어를 반복해서 내뱉었다.

"'여'와 '름'이 너무 잘 어울리지 않아? '여'와 '름' 사이에 '드'만 끼어들어도 좀 이상하잖아."

"'드'가 끼면 뭐지? 여드름? 윽."

"그래, 여드름은 하나도 안 예쁘잖아."

"그건 여드름이 더러워서 그런 거 아니야?"

세진이의 반박에 슬아는 고개를 저었다. '여' 다음에 오는 '름'의 'ㄹ'은 투명하게 느껴지기까지 한다. 여름이란 단어는 청량하다. '봄'의 산뜻한 단음절은 정말 봄이랑 잘 어울리고, '가을'을 발음하면 분위기가 있다. 겨울은 춥고 느린 발음이 또 잘 맞는다.

"우리말 참 예쁘다. 그치?"

"그럼, 우리나라 말이 얼마나 과학적인데. 표현도 엄청 풍부해."

주연이가 아는 체를 했다. 한국말은 '빨간색' 하나를 두고도 여러 가지 표현을 할 수 있다. 붉다, 불그죽죽하다, 빨갛다, 새빨갛다, 시뻘겋다, 불그스름하다, 발그레하다, 발갛다 등등. 주연이는 한국어를 가르치며 새삼 우리말을 다시 알게 되었다.

"난 여름이 제일 좋아. 여름, 여름."

지율이가 반복하여 여름을 말했고, 다른 아이들도 지율이를 따라 여름을 발음했다. 다섯 명이 한꺼번에 똑같은 단어를 말하고 있으니 마치 개구리가 합창하는 것 같기도 했다.

지율이가 슬아의 어깨에 머리를 기댔다. 그러고는 요즘 한창 유행하는 노래를 부르기 시작했고, 나머지 아이들도 따라서 불렀다.

슬아는 마루에 앉아 노래를 부르고 있는 친구들을 둘러보았다. 올해 처음 이 아이들을 만났을 때가 떠오른다. 작년까지만 해도 특별히 친하게 지내는 친구가 없었다. 6학년 때 사건 이후로 친구를 사귀는 게 두려웠다. 어쩌다가 유자유자 클럽을 결성하고 가까이 지냈지만 마음의 문을 여는 건 어렵기만 했다. 하지만 어느새 이 아이들이 편해졌다. 가끔 주연이가 직설적으로 말을 하거나 예나가 새침하게 구는 게 못마땅할 때도 있지만, 슬아 자신의 행동 역시 친구들의 마음에 꼭 드는 건 아닐 거라 생각하면 신경이 덜 쓰인다.

슬아도 오른쪽에 앉아 있는 주연이의 어깨에 머리를 기댔다. 주연이가 자연스럽게 슬아의 머리를 쓰다듬었다. 6학년 때의 슬아는 이런 날이 올 거라는 생각을 못했다. 돌이켜 보면 6학년 때 제일 힘들었던 건 그때의 상황이 영원하면 어쩌나 싶어서다. 괴롭힘과 무시가 계속될까 봐 무서웠다. 하지만 슬아는 이렇게 새로운 친구들을 사귀었다. 지금 이 아이들과도 앞으로 계속 친하게 지낼 수 있을지 100프로의 확신은 없다. 상황은 바뀌기 마련이니까. 그래도 걱정은 되지 않는다. 미래의 걱정은 미래에 할 것이다.

PM 11:00

저녁을 꽤 많이 먹었다 싶었는데도 밤이 되자 조금 출출했다.

주연이가 컵라면을 먹지 않겠냐 제안했고, 세진이를 제외한 아이들이 좋다고 대답했다. 세진이는 오늘 하루만큼은 다이어트 생각을 하지 않으려고 했지만 한밤중 라면은 정말 너무하다. 그렇다고 세진이 혼자 먹지 않을 수는 없다. 친구들이 먹는 걸 보면 분명 먹고 싶어질 거다.

"그래. 먹자, 먹어!"

결국 세진이도 동의해 버렸다.

집에 컵라면이 없어 편의점에서 사 오기로 했다. 다섯 명이 다 같이 갈 필요가 없어 이번에도 가위바위보를 하여 진 사람 두 명이 다녀오기로 했다.

확실히 설거지에 비해 덜 긴장되긴 했지만, 다들 지지 않기 위해 무엇을 낼지 고심했다.

"가위바위보!"

몇 번의 가위바위보 끝에 예나와 주연이가 당첨되었다.

"오늘 나 뭐야? 설거지에 이어 컵라면 셔틀까지!"

예나가 울상을 지었다. 아이들은 예나에게 운명을 받아들이라고 말했다.

"난 전분 라면으로 사다 줘. 그게 칼로리가 제일 낮으니까."

세진이는 심부름을 가는 예나와 주연이에게 몇 번이나 신신

당부했다. 전분 라면은 120kcal에 불과해 다른 컵라면에 비해 칼로리가 4분의 1밖에 되지 않는다. 세진이는 방학 동안 힘들게 뺀 살을 생각하면 다이어트를 완전히 포기할 수가 없다.

예나와 주연이는 1층까지 내려와 근처 편의점을 찾았다. 세진이네 집 바로 옆 건물에 편의점이 있었다.

"과자도 좀 살까?"

"응, 회비 남은 거 다 쓰자."

컵라면 다섯 개와 아이스크림, 과자를 좀 더 샀다. 계산을 하려는데 주연이의 핸드폰 벨이 울렸다. 받아 보니 지율이다. 지율이는 쥐포가 먹고 싶다며 사다 달라고 했다. 주연이는 장바구니에 쥐포도 두 개 넣었다.

"근데 너 왜 핸드폰 안 바꿨어? 할머니한테 알바비 받았다며?"

세진이가 주연이의 핸드폰을 보며 물었다.

"아, 그냥 저금했어."

주연이는 겨울 방학에 멜라니네 집에 놀러 갈 계획을 세우고 있다. 여름 방학에 번 돈으로는 비행기 티켓을 사는 게 어림도 없지만, 부족한 건 할머니를 구슬리면 된다. 이모할머니는 할머니에게 더 나이 들기 전에 독일에 꼭 놀러 오라고 했다. 할머니는 여행은 무슨, 이라고 말을 했지만 이모할머니가 사는 곳을 궁금해하는 눈치였다. 멜라니는 주연이에게 독일에 놀러 오면 데려가겠다며 이곳저곳 사진을 보내 주었다. 아직 주연이 혼자 꿈꾸고 있는 것뿐이지만 독일 여행을 갈 생각을 하는 것만으로도 신이 났다.

컵라면을 사서 돌아와 보니 집에 있던 나머지 아이들이 물을 끓여 기다리고 있었다.

각자 컵라면을 하나씩 앞에 두고 3분을 기다렸다.

"난 이 3분이 제일 긴 것 같아."

세진이가 나무젓가락을 손에 쥔 채 시계를 보며 말했다. 아이들은 아침을 먹지 않고 등교할 때가 많아, 2교시 끝난 쉬는 시간이면 배가 너무 고프다. 그럴 때 유자유자는 쏜살같이 매점으로 뛰어가 컵라면을 주문한다. 쉬는 시간 10분 만에 컵라면을 다 먹고 돌아오려면 물만 붓고 라면이 막 익으려고 할 때 먹어야 한다. 컵라면이 익기 기다리는 시간만큼 긴 게 없다.

"아니, 난 사회 시간. 사회 수업 너무 지루해. 쌤이 말을 늦게 해서 그런지 시간이 더 늦게 가."

예나의 말에 나머지 아이들도 맞다며 맞장구쳤다.

"그래도 사회 쌤이 말했던 거 기억나? 방학하기 직전에 그랬잖아. 우리한테 이번 여름 방학에 하고 싶은 거 다 하면서 잘 보내라고. 고등학생 되면 방학 때도 보충하니까 방학 같진 않을 거라고 했잖아."

"나 사회 쌤 다시 봤어. 어른 되면 방학이 없다며, 방학은 학생만의 특권이라고 말하는 거 보고."

주연이가 컵라면 뚜껑을 열었다 닫았다 하며 말했다. 대부분의 선생님들이 방학이라고 놀지만 말고 공부 열심히 하라고 말했지만, 사회 선생님은 달랐다.

"그럼 지금, 우리가 특권을 누리고 있는 거야?"

"그렇지."

특권이란 말에 아이들이 깔깔대며 웃었다. 왠지 특별한 사람이 된 듯한 기분이었다.

지율이도 사회 선생님이 했던 말을 기억하고 있다. 방학에는 학기 중에 시간이 없어 하지 못했던 일이나 꼭 한번 해 보고 싶던 일을 하라고 했다. 지율이가 제빵 학원에 다니겠다고 엄마를 조른 것도 사회 선생님의 말 때문인지 모른다.

컵라면을 다 먹은 후 아이들은 평상에 눕거나 걸터앉았다. 아이들은 오후 내내 먹기만 했다. 다들 평소에 먹던 것보다 더 많이 먹었다. 오늘 여분의 배를 따로 챙겨 온 것 같다. 배가 많이 불렀지만 이 여유로움이 마냥 좋았다.

AM 1:30

"저거 별똥별 아니야?"

평상에 누워 이런저런 이야기를 하고 있는데 주연이가 소리쳤다. 그 말을 들은 아이들이 자리에서 벌떡 일어났다.

아이들은 옥상 난간으로 다가가 기댔다. 하늘에서 별똥별이 쏟아지기 시작했다. 누군가 실수로 하늘에 반짝이 풀을 쏟기라도 한 것처럼 하늘이 화려하게 반짝반짝 빛났다. 아이들은 입을 활짝 벌리고 하늘 위에 펼쳐진 장관을 구경했다.

"우리 소원 빌어야지!"

지율이의 말에 아이들은 각자 마음속 깊이 간직한 소원들을 속으로 빌었다.

제 소원은 말이죠…….

별똥별 쇼는 그리 길지 않았다. 2분이 조금 넘었다. 하지만 그 여운은 쉽게 사라지지 않았다. 별똥별 쇼가 끝났지만 아이들은 한참 난간에 기대어 서 있었다.

"저 별똥별 말이야. 외계인이 보내는 신호 아닐까? 여기 우리도 있다고, 그러니까 좀 알아 달라고 말이야."

"외계인?"

ME
대한
120

슬아의 말에 아이들이 고개를 갸우뚱했다.

"외계인이 있을까?"

"응, 난 있을 것 같아. 없다고 안 했으니 있는 거 아닐까? 어떤 천문학자가 그랬대. 이 넓은 우주에 지구에만 사람이 산다는 건 공간 낭비라고."

주연이의 말에 아이들이 동의한다는 듯 고개를 끄덕였다.

"근데 난 외계인이 있다고 생각하면 좀 무서워. 전쟁이라도 나면 어떡해?"

예나는 외계인이 없기를 바란다고 했다.

"만약 외계인이 김수현이나 이민호처럼 생겼으면?"

"그럼 난 외계인 대찬성일세!"

세진이가 곧바로 대답했고, 예나도 그럼 받아들이겠다고 했다.

"우리 나중에 우주여행도 갈 수 있을까?"

"지금도 갈 수 있대. 돈이 엄청 많이 들어서 그렇지."

"그럼 나중에는 좀 가격이 싸지지 않을까? 해외 가듯이 막 우주도 가고 그러는 거 아니야?"

지율이는 우주에서 바라보는 지구의 모습이 궁금했다. 가끔 텔레비전이나 영화에서 영상으로 본 적이 있지만, 직접 보는 것과는 다를 거다.

"나중에 우주여행이 활발해지면 우리 다섯 명이 꼭 같이 가는 거다."

"그러면 우리 다섯 명은 할머니가 되어서 절대 뽀글머리는 하지 않고, 주연이가 염색해 준 검은 머리카락을 하고 우주여행을 가는 거네?"

예나가 미래의 일을 간단하게 정리했다. 지금은 이렇게 옥상에서 별똥별 쇼를 보지만, 정말로 50년 뒤에는 우주선을 타고 우주 밖으로 나가 지구를 바라볼지도 모른다.

"그만 들어가자. 좀 춥다."

세진이가 양손으로 팔뚝을 비비며 말했다.

아이들은 평상 위에 펼쳐져 있는 과자 봉지와 컵을 정리했다.

"아아, 내일모레면 벌써 개학이야. 방학은 왜 그렇게 짧은지 모르겠어."

"그러게 말이야."

아이들은 한 달간의 방학이 쏜살같이 지나가 버린 기분이다. 다들 아쉬움에 작게 한숨을 내쉬었다. 여름 방학이 끝나가고 있다.

"괜찮아, 우리한텐 방학이 또 있잖아."

세진이가 옆에 서 있는 예나와 지율이의 어깨에 양팔을 걸치며 말했다. 그 말에 나머지 아이들이 고개를 끄덕였다.

그렇다. 아이들에게 방학은 아직 몇 번 더 남아 있다.